Dados Internacionais de Catalogação na Publicação (CIP)
(Câmara Brasileira do Livro, SP, Brasil)

Brandão, Junito de Souza
   Helena : o eterno feminino / Junito de Souza Brandão. –
3. ed. – Petrópolis, RJ : Vozes, 2024.

ISBN 978-85-326-6971-1

1. Deusas gregas 2. Mitologia grega I. Título.

24-217465   CDD-398.20938

Índices para catálogo sistemático:
1. Mitologia grega : Mulheres : Mitos e lendas   398.20938

Tábata Alves da Silva – Bibliotecária – CRB-8/9253

HELENA

JUNITO DE SOUZA BRANDÃO

O eterno feminino

EDITORA VOZES

Petrópolis

© 1989, 2024, Editora Vozes Ltda.
Rua Frei Luís, 100
25689-900 Petrópolis, RJ
www.vozes.com.br
Brasil

Todos os direitos reservados. Nenhuma parte desta obra poderá ser reproduzida ou transmitida por qualquer forma e/ou quaisquer meios (eletrônico ou mecânico, incluindo fotocópia e gravação) ou arquivada em qualquer sistema ou banco de dados sem permissão escrita da editora.

CONSELHO EDITORIAL

Diretor
Volney J. Berkenbrock

Editores
Aline dos Santos Carneiro
Edrian Josué Pasini
Marilac Loraine Oleniki
Welder Lancieri Marchini

Conselheiros
Elói Dionísio Piva
Francisco Morás
Gilberto Gonçalves Garcia
Ludovico Garmus
Teobaldo Heidemann

Secretário executivo
Leonardo A.R.T. dos Santos

PRODUÇÃO EDITORIAL

Aline L.R. de Barros
Jailson Scota
Marcelo Telles
Mirela de Oliveira
Natália França
Otaviano M. Cunha
Priscilla A.F. Alves
Rafael de Oliveira
Samuel Rezende
Vanessa Luz
Verônica M. Guedes

Composição do texto grego: Dina Maria Martins Ferreira (1. ed.)
Digitação e revisão do texto grego: Vinícius Chichurra
Editoração: Fernanda C. Berger
Diagramação: Editora Vozes
Padronização das referências e revisão: Mariana Perlati
Revisão gráfica: Heloísa Brown
Capa: Nathália Figueiredo

ISBN 978-85-326-6971-1

Este livro foi composto e impresso pela Editora Vozes Ltda.

SUMÁRIO

Nota explicativa e dedicatória, 7

1 – Introdução, 9

2 – Um primeiro encontro com a mulher grega, 13

2.1 A mulher desce mais um degrau, 23

    2.1.1 O amor se busca na rua, 40

    2.1.2 A mulher espartana: um laboratório eugênico, 51

3 – Helena: Nêmesis dos deuses, 67

3.1 A heroína homérica, 78

    3.1.1 A outra Helena: dos trágicos a Isócrates, 91

    3.1.2 O Longo retorno, 113

4 – Conclusão, 125

Referências, 131

NOTA EXPLICATIVA E DEDICATÓRIA

Helena, realmente, sofreu muito em terra e no mar. Foi a **deusa-heroína-mulher** mais celebrada e denegrida no mito grego. Enquanto deusa minoica, foi alvo certamente do culto sagrado reservado as Grandes Mães. Com o sincretismo creto-micênico deu-se início a seu itinerário catártico. Ainda heroína em Homero, foi trata da com grande dignidade, tanto na *Ilíada* quanto na *Odisseia*, mas a partir de Ésquilo e dos trágicos em geral transmutou-se em "mulher de muitos homens" e "cadela traidora"…

Este ódio e vitupérios contra a esposa de Menelau não seriam reflexos da indignidade, da repressão e do desprezo com que era vista (e sobretudo não vista) a mulher grega? Foi a partir desta pergunta que me pus, faz dois anos, a estudar Helena, mas sempre em função da linha patrilinear feroz e desumana, imposta na Hélade pelos indo-europeus, que para lá emigraram a partir do século XX a.C.

A pesquisa já caminhava satisfatoriamente, quando tivemos notícias que julgávamos fidedignas de um concurso de língua e literatura gregas. Interessamo-nos por ele e resolvemos modificar todo o plano de nosso estudo. Rapidamente demos ao trabalho um novo feitio, introduzindo-lhe as técnicas e ranços de uma tese.

O concurso, todavia, ficou apenas em cochichos e deve estar ainda em gestação. Quando surgir, nascerá como os deuses, física e mentalmente desenvolvido, pronto para ajudar alguma **pólis** que ainda não tenha paládio…

A culpa foi, sem dúvida, de Diomedes e Atená, que jamais tiveram simpatia alguma pela antiga deusa minoica e por quem a defendesse. Para aliviar os sofrimentos de Helena, que, por certo, vinte e nove séculos **post Homerum**, seria novamente discutida e criticada por uma provecta e colenda banca examinadora, rasgamos a tese.

Voltamos à pesquisa inicial e aí está o que se pode fazer por todas as helenas.

Mantivemos, de propósito, a documentação extraída dos escritores gregos em sua língua rica e sonora. O leitor não iniciado em Homero (e é pena) não tem de que se queixar. **Todos os textos** estão traduzidos.

Fazemos votos de que Helena e helenas se libertem dos bárbaros e não sejam raptadas por culpa de Zeus, mancomunado com Momo, Têmis e Plutão, nem tampouco espezinhadas e ameaçadas por algum truculento Diomedes.

Esta **nota explicativa** ficaria incompleta se não expressasse meus agradecimentos aos professores Dina Maria Machado, Andréa Martins Ferreira e Sérgio Sampaio Vieira. A Dina, pela datilografia e revisão da primeira minuta; ao Sérgio, pelo trabalho incansável e paciência beneditina em descobrir, na Biblioteca Nacional, textos "impossíveis" de Demóstenes, Aristóteles **et aliomm…**

Incompletíssima, se não mencionasse a Dedicatória.

Este ensaio, **Helena, o eterno feminino**, é dedicado a Eduardo Nélson Corrêa de Azevedo, pela competência, honorabilidade e trabalho minucioso na revisão final dos originais e pelas sugestões feitas e sempre acatadas, para que este livro viesse à luz menos imperfeito.

Junito Brandão
Rio de Janeiro, 6 de março de 1989.

1
INTRODUÇÃO

O mito do rapto de Helena é universalmente consabido. Mas em regra, quando se fala da rainha de Esparta, o ângulo investigado é o de sua sedução por Paris, dito também Alexandre, príncipe troiano, filho de Príamo e Hécuba, reis de Ílion.

Bem mais amplo e profundo, contudo, foi o nosso escopo. Em se tratando de um trabalho em que cumpre examinar a personalidade de Helena sob seus múltiplos aspectos na literatura grega, forçosamente fomos levados a ampliar o campo de visão. Helena percorre o mito e o mito aparece como fundamento mesmo da literatura grega. Uma coisa se prende à outra, numa relação de causa e efeito, e ambas são expressas originalmente na língua grega. Donde o havermos citado textos gregos em profusão, e toda vez contraposto o original à respectiva tradução, para proveito não apenas dos que desejam ocupar-se exclusivamente com o assunto, mas ainda dos que se interessam também pelo aspecto linguístico.

Na presente abordagem iremos fracionar a ânfora helênica em três porções, para reunir depois os fragmentos e recompor o todo, formando o *sýmbolon*.

Como o nosso enfoque da consorte de Menelau está vinculado a uma estrutura socirreligiosa opressora do elemento feminino, julgamos imprescindível principiar com uma palavra sobre a mulher grega em geral, mas explorando-lhe o *status*, particularmente em Atenas e Esparta. Só assim, acreditamos, se poderá compreender por que razão a filha de Tíndaro foi tão denegrida no mito e na literatura.

Preparado social e religiosamente o terreno, a pesquisa sobre essa figura impressionante do mundo clássico não será iniciada pela *Ilíada* e pela *Odisseia*, conforme habitualmente se faz. Pretendemos surpreender Helena na Grécia antes da Grécia, vale dizer, ao menos a partir da passagem do Neolítico II (3000-2600 a.C.) para o Bronze Antigo ou Heládico Antigo (2600-1950 a.C.). Foi por essa época, tudo leva a crer, que os anatólios, provenientes da Ásia Menor, tendo atingido o território da futura Hélade e passado pelas Cíclades, apossaram-se também de Creta. Na ilha de Minos os invasores desenvolveram uma requintada civilização, que tinha por fulcro os chamados palácios, particularmente o de Cnossos. Aí nasceu a *deusa Helena*, uma dentre várias outras hipóstases da Grande Mãe, pois que, sendo a cultura cretense prevalentemente agrária, dominava-a uma divindade tutelar feminina, dispensadora da fertilidade do solo e da fecundidade dos animais.

Do palácio de Cnossos passaremos diretamente para a literatura, onde mito e arte se fundem, e acompanharemos a metamorfose da deusa minoica em heroína, tratada nos poemas homéricos com extrema simpatia. Mergulharemos em seguida nos trágicos e na comédia aristofânica, e veremos que, de heroína, a rainha de Esparta se converteu em simples mulher, adúltera e criminosa. Fecharemos a pesquisa em literatura com duas tentativas malogradas que se fizeram para reabilitar a imagem da esposa do atrida Menelau e com a "visita" que na outra vida o *eídolon* da heroína recebeu do iconoclasta que foi Luciano de Samósata, cético e sofista.

E concluiremos, após dezessete séculos de Helena, com o retorno ao mito, quando então teremos uma surpresa: a "responsável" pela sangrenta Guerra de Troia, qual *patiens ouis iniuriae*, completou seu *uróboro* e retomou, ao menos em parte, na qualidade de imortal e de deusa espartana, a seu pedestal de glória, na Ilha dos Bem-Aventurados.

2
UM PRIMEIRO ENCONTRO COM A MULHER GREGA

É simplesmente impossível falar da mulher grega de maneira genérica, e isso porque, *grosso modo*, jamais existiu uma Grécia antiga independente que fosse jurídica, política e socialmente constituída. Ironicamente, a pátria do grego oriental Homero só veio a conhecer a união, pelo menos no sentido de união política, quando caiu sob o domínio macedônio, iniciado em 323 a.C., com a vitória lograda sobre os gregos por Antípater, general de Alexandre Magno. Tal união se repetiria mais tarde, em definitivo na antiguidade, quando as legiões de Lúcio Múmio Acaico, em 146 a.C., na rota da expansão de Roma, liquidaram com o sonho grego de independência política. A Grécia voltou a ser una, mas sob a égide da República Romana.

Diga-se, a propósito, que a fragmentação política da Hélade não foi algo de novo: desde a época aqueia, por volta do século XVI a.C., os helenos já se apresentavam política, social e economicamente como uma colcha de retalhos, preludiando o que onze centúrias depois viria a ser a Grécia clássica: uma Grécia fracionada em cidades-estados, não raro antagônicas e que dificilmente se congregavam, até mesmo para se defenderem do inimigo comum[1]. Basta abrir a *Ilíada* (composta, segundo se crê, pelos fins do século IX a.C.), no canto II, 494-760, que traz o importante Catálogo das Naus, para se ter uma ideia da amplitude dessa cisão ancestral.

---

1. BRANDÃO, J. S. *Mitologia grega*. 4. ed. Petrópolis: Vozes, 1986. v. 1, p. 69.

O poeta lírico Teógnis de Mégara, que viveu na segunda metade do século VI a.C., ao suplicar auxílio ao deus Apolo, lamentava essa perigosa, mas consumada divisão e rivalidade interna entre os helenos:

> Ἦ γὰρ ἔγωγε δέδοικ' ἀφραδίην ἐσορῶν / καὶ Ἑλλήνων λαοφθόρον· ἀλλὰ σύ, Φοῖβε, / ἵλαος ἡμετέρην τήνδε φύλασσε πόλιν (*Eleg.* 1, 780-782).

> – De minha parte eu estremeço diante do espetáculo da loucura dos gregos e de suas divisões, perdição de um povo. Tu ao menos, Febo, protege esta cidade que nos é propícia.

Não sendo possível, destarte, até mesmo por falta de documentação, genericamente um perfil abrangente da situação jurídica e político-social da mulher grega, focalizaremos sobretudo Atenas e Esparta, pois destas se possuem informações mais amplas e seguras. Antes, porém, de chegar às cidades de Sólon e de Licurgo, faremos um breve excurso com a mulher grega através das obras de Homero, de Hesíodo e dos Líricos.

Dada a estrutura matrilinear da comunidade de Minos, configurada religiosamente na Grande Mãe, a mulher em Creta era detentora dos mesmos direitos que os homens. Não se pretende com isto dizer que ela fosse cabeça do casal na célula familiar, ou que tivesse existido na pátria de Ariadne uma *ginecocracia*, como sustentou Bachofen[2]. O que se procura demonstrar é que a mulher cretense, longe de ficar enclausurada no gineceu, participava de todas as atividades da pólis. Os aqueus, herdeiros de tão extraordinária civilização, sob certos aspectos, conservaram resquícios dessa liberdade que era apanágio da mulher.

---

2. BACHOFEN, J. J. *Das Mutterrecht*. Frankfurt: Krais und Hoffmann, 1975. p. 111-137.

Na *Ilíada* e na *Odisseia*, onde a cultura creto-micênica tem a presença garantida, existe uma pequena, mas encantadora galeria de matizados e apaixonantes retratos femininos. A ternura e a agonia de Andrômaca, esposa e mãe, símbolo do autêntico amor conjugal; a amabilidade, a doçura, a personalidade e a paixão recatada de Nausícaa; a firmeza e a respeitabilidade inspiradas pela rainha Arete; a afeição e o devotamento da velha ama Euricleia; e, por fim, a paciência, a astúcia e a fidelidade inabalável de Penélope desfilam diante de nossos olhos suscitando admiração, encantamento e uma grande simpatia. É necessário, todavia, não nos deixarmos seduzir pela magia dos versos homéricos. Tais debuxos isolados, se bem que herança de velha tradição, nos dois poemas supracitados e no mito, contrastam com a violência e a arbitrariedade masculinas. Agamêmnon atrai mentirosamente até Áulis sua mulher Clitemnestra, a quem se ligara através de um crime hediondo, e sacrifica a própria filha Ifigênia, para fazer cessar uma calmaria que ele mesmo provocara. Ulisses, impiedosamente, inicia a lapidação de Hécuba, a alquebrada rainha de Troia, depois de arrancar-lhe dos braços a filha Políxena e fazê-la imolar sobre o túmulo de Aquiles. Na *Odisseia*, numa cena impressionante, em que Penélope tenta com muita determinação convencer os pretendentes a permitirem que o "mendigo" Ulisses experimente o arco de Ulisses, o jovem Telêmaco cassa a palavra à própria mãe e lhe ordena recolher-se a seus aposentos e tratar de afazeres femininos!

> Ἀλλ᾽ εἰς οἶκον ἰοῦσα τὰ σ᾽ αὐτῆς ἔργα κόμιζε,
> ἱστόν τ᾽ ἠλακάτην τε, καὶ ἀμφιπόλοισι κέλευε
> ἔργον ἐποίχεσθαι· τόξον δ᾽ ἄνδρεσσι μελήσει
> πᾶσι, μάλιστα δ᾽ ἐμοί· τοῦ γὰρ κράτος ἔστ᾽ ἐνὶ οἴκῳ.
> Ἡ μὲν θαμβήσασα πάλιν οἶκόνδε βεβήκει (*Od.*, XXI,
> 350-354).

– Recolhe-te a teus aposentos e cuida dos afazeres que te são próprios, do tear e da roca, e ordena às escravas que vão para o trabalho. Do arco hão de ocupar-se todos os homens, sobretudo eu, que governo esta casa. Ela, atonita, retornou a seu quarto.

Com Hesíodo, por volta do século VIII a.c., fenecem a beleza de Nausícaa, a ternura de Andrômaca e a fidelidade de Penélope.

O poeta e rude camponês de Ascra é duro e severo com a mulher, cujo modelo para ele é a terrível Pandora, responsável pelas mazelas que atormentam os mortais. Talvez não se deva objetivamente tachar Hesíodo de misógino, mas não se lhe pode negar um excesso de precaução, de impaciência e de cuidado com esse *mal tão belo*, esse flagelo medonho, mas imprescindível ao homem... (*Teog.* 585).

Vejamos mais de perto a impertinência do vate da Beócia para com a mulher:

Αὐτὰρ ἐπεὶ δὴ τεῦξε καλὸν κακὸν ἀντ᾽ ἀγαθοῖο,
ἐξάγαγ᾽, ἔνθα περ ἄλλοι ἔσαν θεοὶ ἠδ᾽ ἄνθρωποι,
κόσμῳ ἀγαλλομένην γλαυκώπιδος ὀβριμοπάτρης·
θαῦμα δ᾽ ἔχ᾽ ἀθανάτους τε θεοὺς θνητούς τ᾽ ἀνθρώπους,
ὡς εἶδον δόλον αἰπύν, ἀμήχανον ἀνθρώποισιν.
Τῆς γὰρ ὀλώϊόν ἐστι γένος καὶ φῦλα γυναικῶν,
πῆμα μέγ᾽ αἳ θνητοῖσι μετ᾽ ἀνδράσι ναιετάουσιν (*Teog.* 585-592).

– E quando, em vez de um bem, (Zeus) criou este mal tao belo, conduziu-a (Pandora) para onde estavam os demais deuses e homens, magnificamente ataviada pela deusa de olhos garços, filha de um deus poderoso. Maravilharam-se mortais e imortais vista desse ardil profundo e sem saída, destinado aos homens. Dela se originou a espécie maldita das mulheres, flagelo terrível instalado entre os homens mortais...

Sua desconfiança em relação às descendentes de Pandora desdobra-se na vigilância sobre a prodigalidade e a fidelidade femininas

ὃς δὲ γυναικὶ πέποιθε, πέποιθ᾽ ὅ γε φηλήτῃσι (*Trab.* 375).

– quem confia em mulher está confiando em ladrões.
É mais seguro, por isso mesmo, ter apenas um filho: garante-se o sucessor e diminuem-se consideravelmente as despesas... (Trab. 376-377).

No tocante ao matrimônio, o mais sensato para o homem é contraí-lo aos trinta anos com uma jovem de dezesseis, que resida nas vizinhanças e que seja virgem, a fim de impor-lhe sólidas diretrizes (*Trab.* 695-700). Mesmo assim, é preciso precaução para não atrair as chacotas dos vizinhos, que por certo conhecem bem o comportamento da eleita:

πάντα μάλ᾽ ἀμφὶς ἰδών, μὴ γείτοσι χάρματα γήμῃς (*Trab.* 701).

– examina tudo, cuidadosamente, para não desposares os escárnios de teus vizinhos...

O homem prudente une-se a uma mulher comprada, uma escrava, que se pode enxotar a qualquer momento e não a uma legítima esposa (*Trab.* 405-406), que possui direitos vagos, porém incontestáveis.

A Idade Lírica (século VII a.C.) permitiu que em algumas partes da Hélade a mulher voltasse a ser o centro das atenções, positiva ou negativamente, ao menos na "poesia". Com efeito, em relação à mulher, os poetas líricos (citar-se-ão apenas os principais e levar-se-á em consideração o pouco que de muitos nos chegou) podem repartir-se em três grandes grupos: os que não se preocupam em demasia com ela, ficando-lhe mais ou menos indiferentes, como Tirteu, Sólon, Focílides[3], Baquílides e Píndaro; um segundo grupo, com Teógnis de Mégara, que lhe faz uma que outra referência; Semônides ou Simônides de Amorgo e Hipônax de Éfeso que a fustigaram com crítica ferina, conforme se verá mais abaixo; e, por fim, um terceiro grupo, onde se contam os que a exaltaram até os astros, como Alceu, Anacreonte e sobretudo Safo, a grande feminista da ilha de Lesbos.

Simônides ou Semônides, consoante Augusto Magne[4] é um dos grandes iambógrafos do lirismo grego. Nascido na ilha de Samos, possivelmente na primeira metade do século VII a.C., viveu em Amorgo. Dele nos chegaram, além de fragmentos menores, dois de maior extensão: um deles ocupa-se dos males da humanidade; e o outro, com 118 ambos, é uma contundente sátira contra as mulheres.

O poema nos aponta dez tipos diferentes de mulheres, todas indesejáveis, com exceção do último: a suja descende da porca; a mulher astuta e velhaca procede da raposa; a mãe questionadora, da cadela; a indolente e preguiçosa, da terra; a volúvel e instável, do mar; a gulosa, sensual e pronta para qualquer trabalho, da jumenta; a perversa e revoltante, da doninha; a ociosa e bem arrumada, da égua; a feia, a magricela e malévola, da macaca; e por fim a honesta e desejável provém da abelha.

Quanto ao homem, atribui-se sua criação, nos primórdios, ao ser inteligente, sem concurso de mulher... (*Sát. Mulh.* 1-93).

---

3. É bem verdade que Focílides de Mileto, que viveu na segunda metade do século VI a.C., autor de elegias gnômicas, deixou um fragmento em que também satiriza a mulher, mas sua elegia é uma imitação óbvia dos célebres iambos de Simônides sobre assunto idêntico.

4. A grafia Σμονίδης por Σιμονίδης é de fato atestada, conforme se pode ver em BERGK, T. *Poetae Elegiaci et Iambographi.* Leipzig: B.G. Teubneri, 1914. p. 734.

Não há dúvida de que a *Sátira contra as Mulheres*, de Simônides de Amorgo, e, no mínimo, um breviário de misoginia.

Hipônax de Éfeso (fins do século VII a.C.), criador do iambo escazonte ou coliambo, foi outro que se notabilizou pelo desprezo votado às descendentes de Pandora. Esse arquimisógino chegou mesmo a exceder a Simônides, quando de sua pena saiu o que talvez seja a mais virulenta invectiva disparada contra as mulheres em toda a literatura grega:

Δύ' ἡμέραι γυναικός εἰσιν ἥδισται,
ὅταν γαμῇ τις κἀκφέρῃ τεθνηκυῖαν (*Frag.* 29 Bergk).

– Há dois momentos em que a mulher nos proporciona um prazer supremo: no dia do casamento e quando a levamos à sepultura.

Se, infelizmente, do grande poeta Alceu, da ilha de Lesbos, e de Anacreonte, da cidade de Teos, na Ásia Menor, o vate do amor, do vinho e da natureza, só nos chegaram parcos fragmentos, é muito de se lamentar o pouquíssimo que se possui da maior das poetisas gregas, Safo.

Mitilene era a capital da ensolarada ilha de Lesbos, no mar Egeu, sob domínio dos eólios desde o século XII a.C. Faustosos, independentes, presunçosos e amigos do vinho e do prazer, esses eólios transformaram sua ilha num "território livre", em algo muito diferente do que se passava no restante da Hélade.

O contato permanente com o Egito, onde a mulher sabidamente gozava de alta consideração, trouxe para os habitantes de Lesbos o amor ao luxo, à vida social e intelectual e, em consequência, uma grande liberdade nos costumes.

Tal vida de prazeres demandava riqueza, e os eólios iam buscá-la no intenso comércio com o Oriente e em particular com o

Egito[5]. Indubitavelmente essa convivência com o mundo oriental e sobretudo com o país dos faraós muito cooperou para esse surpreendente e inusitado *modus uiuendi* da mulher grega de Mitilene.

Pois bem, a representante maior desse sensualismo e desse momento grego de libera ao feminina foi exatamente Safo.

Seria inútil insistir em determinados aspectos da vida pública e íntima da grande poetisa (refiro-me particularmente ao homossexualismo); e isso porque, se por um lado a vida de Safo e mal conhecida e está envolta num emaranhado de lendas, por outro lado a maior das líricas foi muito denegrida pela comedia grega do século V a.C. e por poetas posteriores. Basta ler a carta 15 das *Heroides* de Ovídio, intitulada De Safo a Fáon[6] para se ter uma ideia de quanto

---

5. Théodore Reinach e Aimé Puech, em sua excelente edição do que nos restou de Alceu e Safo (REINACH, T.; PUECH, A. *Alcée et Sapho*. Paris: Belles Lettres, 1960. p. 4), deixam bem claro esse ponto: "Épris d'une vie de plaisir, ils avaient besoin d'être riches. Les Mytiléniens ont cherché fortune jusqu'au delà de l'Hellespont, jusqu'à la bouche de l'Hàbre. Leur amour du lucre et de l'aventure les a conduits fréquemment en Égypte. Ils furent les des Éoliens, dit Hérodote (2, 178), qui profitèrent des avantages concedés par Amasis à l'entrepot e Naucratis." ["Entregues a uma vida de prazeres, os mitileneus tinham necessidade de riquezas e foram buscá-las para além do Helesponto, até a foz do Hebro. S. eu amor ao lucro e à aventura os levou muitas vezes ao Egito, e foram os únicos eólios, informa-nos Heródoto (2,178), que lucraram com as vantagens concedidas por Amásis ao entreposto de Naucratis." Tradução nossa.].

6. Fáon era um herói de Lesbos. Pobre, velho e feio, exercia a profissão de barqueiro. Um dia atravessou Afrodite, disfarçada de anciã, e nada lhe cobrou. A deusa, para recompensá-lo, presenteou-o com um frasco de um bálsamo maravilhoso, que rejuvenesceu o velho barqueiro, transformando-o num homem belíssimo, por quem se apaixonaram todas as mulheres da ilha. Safo, por não ter sido correspondida em seu amor ardente, lançou-se às ondas, saltando do fatídico penhasco de Lêucade. Num dístico famoso, Ovídio nos transmitiu o calor dessa paixão. Ei-lo na magnífica tradução do Prof. Walter Vergna: – *Uror, ut, indomitis ignon exercentibus Euris, / Fertilis accensis messibus ardet ager* (*Her.* 15, 9-10). [Inflamo-me como o campo feraz que arde com as colheitas em chamas, chama que mais e mais se avoluma insuflada pelo Euro indômito].

a "cantora das rosas", sete séculos mais tarde, ainda era mitizada e discutida, como ainda o é até hoje!

O que de positivo se sabe é que ela viveu no século VII a.C. e fundou em Mitilene o que ela própria denominou *Residência das Discípulas das Musas* (e havia ou "residências", rivais, como as de Gorgo e Andrômeda), uma espécie de confraria dedicada às Musas e à deusa Afrodite. Sob direção da poetisa, aquilo a que essa verdadeira universidade feminina aspirava era o culto do belo conjugado à cultura. Tecnicamente, a *Residência* poderia ser comparada a um *conservatório de música e de arte*: lá se ensinavam a dança coletiva, a música instrumental, o canto, a poesia e o culto do físico. A vida comunitária era ritmada por uma série de festas, cerimônias religiosas e banquetes.

Mas a educação mitileneia não era apenas artística e social: o físico era também muito valorizado. Sem serem espartanas, as jovens de Lesbos dedicavam-se com afinco aos esportes atléticos, quando não para conservarem a beleza do corpo, a graça e os encantos femininos.

E se, na realidade, a Hélade foi um *clube de homens*, Safo e outras idealistas destemidas romperam violentamente com a tradição repressiva e transformaram Mitilene num *clube de mulheres*! Para um "país" como a Grécia, em que a mulher, semianalfabeta, passava o tempo no gineceu ocupando-se do tear e da roca, a *Residência das Discípulas das Musas* foi uma iniciativa corajosa e arrojada. Com isto, no entanto, a poetisa, a mulher, por sua *independência* e cultura, tornou-se alvo fácil das chicotadas machistas e conservadoras dos poetas da comédia ática.

Como preito à audácia e à paixão da poetisa de Lesbos, transcrevemos dois de seus célebres fragmentos, em que Eros, como é próprio na Lírica, abrasa todos os órgãos do corpo humano:

Ἔρος δηὖτέ μ᾽ ὁ λυσιμέλης δόνει,
γλυκύπικρον ἀμάχανον ὄρπετον,
Ἄτθι· σοὶ δ᾽ ἔμεθεν μὲν ἀπήχθετο
φροντίσδην, ἐπὶ δ᾽ Ἀνδρομέδαν πότηι (Liv. 5, *Frag.* 97-8).

– Eros novamente arranca-me os membros e me atormenta. Eros amargo e doce, monstro invencível, ó Átis: tu, far ta de mim, tu te foste, voaste para Andrômeda.

φαίνεταί μοι κῆνος ἴσος θέοισιν
ἔμμεν᾽ ὤνηρ ὄττις ἐνάντιός τοι
ἰσδάνει καὶ πλάσιον ἆδυ φωνεί-
σας ὐπακούει,
καὶ γελαίσας ἰμέροεν, τό μ᾽ ἦ μὰν
καρδίαν ἐν στήθεσιν ἐπτόα(ι)σεν.
ὡς γὰρ ἔς σ᾽ ἴδω βρόχε᾽, ὥς με φώναι-
σ᾽ οὐδ᾽ ἒν ἔτ᾽ εἴκει.
ἀλλὰ καμ μὲν γλῶσσα ϝέαγε, λέπτον
δ᾽ αὔτικα χρῶι πῦρ ὐπαδεδρόμακεν,
ὀππάτεσσι δ᾽ οὐδ᾽ ἓν ὄρημμ᾽, ἐπιρρόμ-
βεισι δ᾽ ἄκουαι·
ἀ δέ μ᾽ ἴδρως κακχέεται, τρόμος δὲ
παῖσαν ἄγρει, χλωροτέρα δὲ ποίας
ἔμμι, τεθνάκην δ᾽ ὀλίγω ᾽πιδεύης
φαίνομ᾽ (Liv. 1, *Frag.* 2).

– Parece-me semelhante aos deuses aquele que, sentado à tua frente, ouve tua voz suave e teu sorriso inebriante: um sorriso que enlouqueceu meu coração… Quando furtivamente te olho, minha voz se me prende na garganta. A língua se me entorpece e um fogo ligeiro escoa-me subitamente sob a pele… Com os olhos nada mais vejo, um estampido tapa-me os ouvidos. Escorre-me o suor… Um tremor invade meu corpo e empalideço mais que a grama seca e percebo bem perto de mim as trevas da morte…[7]

---

7. Os fragmentos cuja tradução estampamos fazem parte da cuidadosa edição elaborada por Théodore Reinac e Aimé Puech, já citada por nós (REINACH, T.; PUECH, A. *Alcée et Sapho*. Paris: Belles Lettres, 1960).

O poeta latino Caio Valério Catulo (87-54 a.C.), ardendo em paixão por Clódia, a quem chamava pelo epiteto de Lésbia, fez deste poema de Safo uma imitação tão bela, que valeria a pena transcrevê-la:

Ille mi par esse deo uidetur, Ille, sifas est, superare diuos,
Qui sedens aduersus identidem te Spectat et audit
Dulce ridentem, misero quod omnis Eripit sensus mihi; nam
simul te, Leshia, aspexi, nihil est super mi
Vocis in ore,
Lingua sed torpet, tenuis sub artus Flamma demanat, soni-
tu suopte Tintinant aures, gemina teguntur
Lwnina nocte.
Otiwn Catulle, tibi molestum est;
Otio exultas nimiumque gestis. Otiwn et reges prius et beatas
Perdidit urbes (Cat. *Poem.* 51).

– Parece semelhante a um deus, ou se possível, superar os deuses, este que sentado junto a ti contempla e ouve, enquanto sorris docemente, o que me faz perder o senso, pobre de mim; pois quando te vejo, Lésbia, fico transtornado com as palavras na boca, a língua se entorpece, sutilmente sob os membros alastram-se faíscas, vibram-me os ouvidos em zumbidos, a luz dos olhos é coberta pela noite. O ócio, Catulo, te é funesto, tu te inflamas com o ócio e te agitas demais. O ócio fez perder reis e cidades outrora felizes.

2.1 A mulher desce mais um degrau

Lesbos, no entanto, foi apenas um corte, um hiato, um oásis neste vasto deserto de repressão masculina. Voltemos à realidade, recomeçando por Atenas.

Na trilogia de Ésquilo, Oréstia, Agamêmnon é assassinado pela esposa Clitemnestra. Orestes, por ordem de Apolo, vinga o pai, matando a própria mãe. Apolo e Atená, como "advogados e juízes" do matricida, não descansam enquanto não o veem livre das Erínias e absolvido pelo Areópago. Em última instância, a *Oréstia* sintetiza a luta entre o matriarcado e o patriarcado. O primeiro, agonizante, é representado pelas divindades maternas do mundo subterrâneo, as Erínias; o segundo, dominador, é espelhado em Atena, nascida sem mãe, da cabeça de Zeus, e em Apolo, legalista e patriarcal, propugnador máximo da religião da pólis[8].

Respondendo ao corifeu das Erínias, que acusa Orestes de assassinar a mãe e renegar o sangue materno, *Apolo* é muito claro e objetivo em relação à mulher:[9]

> ΑΠΟΛΛΩΝ – Καὶ τοῦτο λέξω, καὶ μάθ᾽ ὡς ὀρθῶς ἐρῶ·
> οὔκ ἔστι μήτηρ ἡ κεκλημένου τέκνου
> τοκεύς, τροφὸς δὲ κύματος νεοσπόρου·
> τίκτει δ᾽ ὁ θρῴσκων, ἡ δ᾽ ἅπερ ξένῳ ξένη
> ἔσωσεν ἔρνος, οἷσι μὴ βλάψῃ θεός.
> Τεκμήριον δὲ τοῦδέ σοι δείξω λόγου·
> πατὴρ μὲν ἂν γένοιτ᾽ ἄνευ μητρός· πέλας
> μάρτυς πάρεστι παῖς Ὀλυμπίου Διός,
> οὐδ᾽ ἐν σκότοισι νηδύος τεθραμμένη,
> ἀλλ᾽ οἷον ἔρνος οὔτις ἂν τέκοι θεός (*Eum.* 657-666).

> APOLO – Vou te responder e verás se não tenho razão.
> Não é a mãe quem gera aquele que é chamado seu filho: ela apenas alimenta o germe nela semeado. Gera quem semeia. Ela, como uma estranha, salvaguarda o rebento, se um deus não vem a prejudicá-lo.
> Dar-te-ei uma prova de que pode haver pai sem mãe. Aqui temos, perto de nós, a esse respeito, uma testemunha: a filha de Zeus Olímpico, a qual não foi formada num regaço materno.
> Deusa alguma seria capaz de gerar tal filha...

---

8. A propósito da maldição familiar em que está envolvida toda a raça dos atridas, isto é, da progênie de Atreu (Tieste, Egisto, Agamêmnon, Menelau e seus descendentes) fizemos um longo comentário em: BRANDÃO, J. S. *Mitologia Grega*. 4. ed. Petrópolis: Vozes, 1986. v. 1, cap. 5, p. 67-95.

9. A trilogia de Ésquilo, *Oréstia*, foi por nós analisada em: BRANDÃO, J. S. *Teatro grego*: *tragédia e comédia*. 4. ed. Petrópolis: Vozes, 1986, p. 20-35.

Com esse tipo de argumentação "irrefutável" e esse discurso "falocrático", faltava apenas a autoritária decisão da augusta Palas Atená, que nasceu sem mãe, para que se vencessem as Erínias, isto é, para que se chegasse à própria derrocada do matriarcado:

> ΑΘ. – Ἐμὸν τόδ᾽ ἔργον, λοισθίαν κρῖναι δίκην·
> ψῆφον δ᾽ Ὀρέστῃ τήνδ᾽ ἐγὼ προσθήσομαι·
> μήτηρ γὰρ οὔτις ἐστὶν ἥ μ᾽ ἐγείνατο,
> τὸ δ᾽ ἄρσεν αἰνῶ πάντα – πλὴν γάμου τυχεῖν –
> ἅπαντι θυμῷ, κάρτα δ᾽ εἰμὶ τοῦ πατρός·
> οὕτω γυναικὸς οὐ προτιμήσω μόρον
> ἄνδρα κτανούσης δωμάτων ἐπίσκοπον (*Eum.* 734-740).

> ATENÁ – É a mim que cabe a última palavra: juntarei meu sufrágio aos que são a favor de Orestes. Não tive mãe que me desse à luz. Minha simpatia vai para o varão, pelo menos até o casamento.
> Sou inteiramente pelo pai. Não levarei em conta a morte de uma mulher que matou o consorte, guardião de seu lar...

Não é difícil concluir-se que a *mulher grega* estava em "boas mãos": reinava na Hélade o legalista Apolo, chamado por Platão de πάτριος ἐξηγητής, o exegeta nacional e, em Atenas, imperava a virgem Palas Atena, a de olhos garços, criada sem mãe e nascida das meninges de Zeus...

Pois bem, na cidade de Péricles, a *menina* já vinha ao mundo como indesejável. O ideal seria que o casal tivesse logo *um menino*. Estaria assim resolvida a questão da sucessão e da herança, além de assegurada a continuidade do culto familiar. Em se casando, a jovem passava a participar do culto familiar do marido; e, pior ainda, era acompanhada de um dote... Ter um *único filho varão*, para *sucessor* e *herdeiro*, eis o grande desejo e conselho de Hesíodo (*Trab.* 376-378). Platão é mais generoso:

παίδων δὲ ἱκανότης ἀκριβὴς ἄρρην καὶ θήλεια ἔστω τῷ νόμῳ (*Leis*, 11, 930 c-d).

– o número de filhos considerado suficiente, segundo a lei, seria de um casal.

O desamor dos parceiros, a fácil e consuetudinária satisfação do instinto sexual fora do lar (e veremos mais adiante por que), egoísmo, a avareza e o desejo de assegurar nas mãos de poucos o patrimônio familiar fizeram que os casamentos gregos, decididamente não fossem prolíficos. Na Hélade só os deuses tiveram muitos filhos! Apenas no caso da chamada *epiclera*, isto é, filha ἐπίκληρος (herdeira única que se casa com parente próximo, com o objetivo de preservar o patrimônio familiar), obrigava-se o marido a ter conjunção carnal com a mulher três vezes por mês, nos termos das leis de Sólon (Plutarco, *Sólon*, 20). Aliás, Plutarco laborou em equívoco ao afirmar em seu diálogo Ἐρωτικός que tal disposição objetivava revigorar e tonificar o casamento com esses sinais de ternura:

> τόν τε Σόλωνα μαρτυρεῖ γεγονέναι τῶν γαμικῶν ἐμπειρότατον νομοθέτην, κελεύσαντα μὴ ἔλαττον ἢ τρὶς κατὰ μῆνα τῇ γαμετῇ πλησιάζειν, οὐχ ἡδονῆς ἕνεκα δήπουθεν, ἀλλ᾽ ὥσπερ αἱ πόλεις διὰ χρόνου σπονδὰς ἀνανεοῦνται πρὸς ἀλλήλας, οὕτως ἄρα βουλόμενον ἀνανεοῦσθαι τὸν γάμον ἐκ τῶν ἑκάστοτε συλλεγομένων ἐγκλημάτων ἐν τῇ τοιαύτῃ φιλοφροσύνῃ. (*Erót.* 769 A-B).

– Sólon foi indubitavelmente um legislador muito atento no que concerne ao casamento. Prescreveu aos maridos que procurassem a mulher pelo menos três vezes por mês. Fê-lo, não em vista do prazer mas por motivos outros: assim como as nações renovam de quando em quando os tratados que entre si contraem, igualmente o legislador desejou que o casamento fosse de alguma forma revigorado com esse sinal de ternura, apesar das mútuas acusações acumuladas no dia a dia.

O que realmente pretendia o legislador era apressar o nascimento de um filho varão que perpetuasse a herança familiar.

A causa da infecundidade muitas vezes involuntária das esposas atenienses está bem expressa em dois versos de Menandro, poeta cômico do século IV a.C.[10]:

> Οὐκ ἔστιν οὐδὲν ἀθλιώτερος πατρός
> πλὴν ἕτερος ἂν ᾖ πλειόνων παίδων πατήρ. (*Frag.* 656 K).

> – Nada mais desgraçado que um pai, exceto outro pai com maior número de filhos.

Para evitar famílias numerosas e problemas com filhos ilegítimos, praticavam-se muito em Atenas a exposição[11] e o aborto, genericamente tidos como legais.

O escrúpulo religioso, estribado por certo no temor do castigo divino, impedia que se praticasse o infanticídio. Conjurava-se a hipocrisia, expondo-se o recém-nascido, principalmente se do sexo feminino. Abandonada em regra num vaso de argila, que lhe poderia servir de túmulo, a criança ficava à mercê da sorte. E poderia ser recolhida, o que acontecia com frequência, se bonita e robusta. A mãe estéril (a esterilidade era sempre da mulher!), para não ser abandonada pelo marido, simulava uma gravidez, escolhia uma criança exposta, um menino, e o apresentava como o tão sonhado herdeiro. Havia quem recolhesse os recém-nascidos, meninos ou meninas, para fazê-los escravos ou vendê-los. Muitas vezes, as meninas, se belas e sadias, eram destinadas à prostituição.

---

10. Os fragmentos de Menandro que ora citamos foram todos extraídos da segura edição: ALLINSON, F. G. *Menander* – The principal fragments. Londres: Harvard University Press, 1951.

11. A exposição real, histórica, ora referida, nada tem a ver com a exposição *mítica, ritual e de caráter iniciático*, de que tratamos em: BRANDÃO, J. S. *Mitologia Grega*. 4. ed. Petrópolis: Vozes, 1986. v. 1, cap. 5, p. 89s.

O mesmo receio hipócrita, que não aceitava religiosamente a morte de um recém-nascido, mas que tolerava a morte pelo abandono talvez pudesse explicar-se, conforme lembra P. Roussel, por um expediente sociorreligioso: "De maneira geral, o infanticídio é muitas vezes considerado como um ato mais ou menos indiferente, uma vez que a criança ainda não participa da vida do grupo social. Desde que não se tenha agregado ao mesmo por determinados ritos e não tenha recebido um nome – o que lhe confere um começo de personalidade – o recém-nascido não possui existência real. Seu desaparecimento não provoca, por isso mesmo, o que denominaríamos sentimentos naturais"[12].

Já o aborto nunca foi proibido por lei. Esta intervém apenas para salvaguardar os direitos do pai do nascituro: uma esposa ou escrava jamais poderia provocar o aborto sem consentimento expresso do marido ou senhor. A consciência religiosa, às vezes, fala mais alto que a lei. Por isso mesmo, Aristóteles prescrevia o aborto em função do número exagerado de filhos "antes que o embrião tivesse recebido vida e sensibilidade:"

πρὶν αἴσθησιν ἐγγενέσθαι καὶ ζωήν,
ἐμποεῖσθαι δεῖ τὴν ἄμβλωσιν (*Pol.* 7, 14, 10).

– convém provocar o aborto antes que o embrião tenha sensibilidade e vida.

O "desastre familiar" grego, particularmente em Atenas, com o seu cortejo de tanto desamor, exposição de recém-nascidos, infanticídio disfarçado, prática do aborto e redução drástica do número de filhos (devida sobretudo ao egoísmo, à tradicional avareza grega

---

12. MIREAUX, E. *La vie quotidienne au temps d'Homère*. Paris: Hachette, 1954, p. 218s.

e à própria estrutura socioeconômica reinante na pólis) teria tido por motivo primeiro, a nosso ver, a profunda indiferença ou até mesmo o desprezo que se votava à mulher, ressalvadas as exceções e, claro, porque as havia.

Tudo começava pelo *modus* secular e tradicional que presidia o enlace matrimonial. O casamento era sempre do homem: trata-va-se de uma escolha feita pelo homem da qual não participava a mulher, porquanto esta, em Atenas, não tinha direitos, nem políticos nem jurídicos. Confinada no *gineceu*, a jovem aprendia o manejo da roca e do tear. E talvez lhe fossem transmitidos, pela mãe, por alguma parenta mais velha, ou mais comumente por uma das escravas alguns rudimentos de leitura, cálculo e música. E era só. No gineceu, aguardava o príncipe realmente "encantado", com plena ciência do conselho do poeta didático Naumáquio, citado por Estobeu (*Conselhos Conjugais*, 12):

Toma por marido aquele que teus pais desejam

Em Atenas, todo e qualquer casamento entre um cidadão e uma filha de cidadão era precedido por um *acordo*, denominado ἐγγύησις, etimologicamente "ato de dar em garantia". Consistia essencialmente na promessa, pelo pai da noiva, de dar um dote ao pretendente que escolhesse, e na aceitação do dote pelo candidato, que assumia o compromisso de casar-se. Obviamente, dependendo do dote, poderia haver mais de um pretendente…

Fossem os noivos de menor idade, facultava-se aos pais celebrarem a ἐγγύησις. Não raro o acerto se fazia quando os filhos ainda nem haviam completado cinco anos…

Em sua comédia *A mulher de cabelos cortados* (894-898), de que só restam fragmentos, Menandro nos deixou um pequeno diálogo que traduz com muita propriedade o processo da ἐγγύησις.

ΠΑΤΑΙΚΟΣ – ταύτην γνησίων παίδων ἐκ' ἀρότῳ σοι δίδωμι.

ΠΟΛΕΜΩΝ – λαμβάνω

ΠΑΤΑΙΚΟΣ – καὶ προῖκα τρία τάλαντα

ΠΟΛΕΜΩΝ – καὶ καλῶς τόδε (*Frag.* 720 K).

PATECO – Dou-te minha filha, para que ela dê à luz filhos legítimos.

PÓLEMON – Eu a recebo.

PATECO – Ofereço um dote de três talentos.

PÓLEMON – Recebo-o igualmente com prazer.

De dezoito a vinte anos para o noivo e de quinze a dezesseis para a noiva era a idade tradicionalmente legal para o casamento, que tinha por finalidade produzir filhos legítimos. Um pai sempre esperava que o filho o amparasse na velhice, o sepultasse segundo os ritos e continuasse o culto familiar, indispensável à paz da alma na outra vida.

Ao que tudo indica, os jovens atenienses se casavam por conveniência religiosa e social, e não por gosto. Em Atenas a pressão da opinião pública sendo muito grande, o celibatário era alvo de remoques e menosprezo.

Frequentemente livravam-se do "doce himeneu" aqueles cujo irmão mais velho fosse casado e tivesse filhos. Decididamente, o amor não era uma iguaria que entrasse no banquete nupcial… Mais uma vez o poeta Menandro nos coloca no centro do problema. Em dois fragmentos ele sintetiza o desencanto com a instituição a que presidia a deusa Hera:

τὸ γυναῖκ' ἔχειν εῖναί τε παίδων, Παρμένων,
πατέρα μερίμνας τῷ βίῳ φέρει (Frag. 649 K).

– ter mulher e ser pai de filhos, Pármenon,
é arrastar muitas preocupações na vida

τὸ γαμεῖν, ἐάν τις τὴν ἀλήθειαν σκοπῇ,
κακὸν μέν ἐστιν, ἀλλ᾿ ἀναγκαῖον κακόν (Frag. 651 K).

– casamento, quando se olha de frente a verdade, é uma
desgraça, mas uma desgraça necessária.

Prosseguindo estas digressões sobre o casamento, e antes de penetrar num lar ateniense, vejamos em resumo o pouco que se sabe sobre as cerimônias que cercavam a contratação do matrimônio e a realização das bodas. Acompanhando uma jovem ateniense em sua mudança de *status*, poderemos talvez avaliar as novas funções e as responsabilidades que lhe eram reservadas, bem como as humilhações que haveria de enfrentar. Ao que parece, as coisas eram um tanto complicadas nas famílias ricas e nas de classe média. Ao *acordo*, à ἐγγύησις, deveria ou poderia seguir-se logo depois o γάμος, a união, o casamento. Contraíam-se núpcias com mais frequência na lua cheia, no inverno, isto é, no *gamélion*, sétimo mês do ano ateniense, correspondente a janeiro, consagrado a Hera, deusa dos amores legítimos. Na véspera das bodas, a família da noiva oferecia sacrifícios aos deuses protetores do casamento: Zeus, Hera, Apolo e Artemis. Após consagrar a essas divindades os objetos e brinquedos de que se cercara em sua infância, a jovem preparava-se para o banho ritual e catártico com a água que lhe era trazida, em procissão solene, da fonte de Calírroe, nas imediações da Acrópole. No dia seguinte oferecia-se o banquete nupcial, na residência da família da noiva. Esta, ornada de véu e coroa, e acompanhada por suas amigas e pela νυμφεύτρια, uma espécie de madrinha e iniciadora, que a orientava e assistia durante os ritos. O noivo, bem distante da futura consorte, já que os homens ficavam separados das mulheres, era igualmente assistido por um "padrinho", o πάροχος, etimologicamente o que ficava *ao lado* do noivo e conduzia a *carruagem* dos nubentes ao novo lar. Ao anoitecer, tendo a noiva recebido os presentes, o casal, à luz de tochas, era levado de carruagem para a nova residência. Parentes e amigos seguiam a pé, cantando o himeneu, o hino nupcial. Ao descer do carro, a noiva era recebida com uma chuva de nozes e figos secos. Na ocasião, ofereciam-lhe um pedaço do bolo nupcial, confeccionado com gergelim e mel, bem como um marmelo, símbolos da fecundidade. Era chegado o momento central do casamento, a ἔκδοσις, que consistia na "entrega da noiva ao marido". Chegados ao θάλαμος, na alcova nupcial, a porta do quarto era imediatamente fechada e guardada por um amigo do noivo, dito θυρωρός, "o que cuida da porta". Só então, talvez, a noiva se desvelasse. E diante do novo lar, parentes e amigos entoavam o himeneu e faziam grande alarido, para afugentar os maus espíritos. E agiam bem, porque o defloramento da noiva, conforme se comentou em *Mitologia Grega* (v. 1, p. 308sqq.), era um tabu. Tudo que se realiza pela primeira vez encerra perigo e constitui desafio, por ter o sentido de um retorno aos tempos primordiais, ao *illo tempore*, profundamente sacralizado. Abrir as portas aos começos é abrir as comportas a todas as energias que jorraram *ab origine*. Fender o seio da terra e nela depositar a semente (em grego σπέρμα) é uma responsabilidade muito séria: as entranhas da Terra-Mãe estão guardadas por serpentes e dragões!

Émile Mireaux atesta que em certas culturas primitivas se acreditava num interdito de ordem divina ou demoníaca que pesava sobre a origem de qualquer novo ser, de qualquer coisa nova, de qualquer primeira vez. Tal interdito somente podia ser levantado por meio de um sacrifício, outorgando-se primeiramente à divindade a parte que lhe era devida. Daí os sacrifícios nas fundações, nas inaugurações[13], O sacrifício do primogênito, a oferta das

---

13. O verbo *inaugurare*, "inaugurar", significava em latim "tomar os augúrios, consagrar, inaugurar". O advérbio *inaugurato* tem precisamente o sentido de "após consultar as aves; depois de haver tornado os agouros".

primícias. A virgindade da mulher, estando igualmente sujeita ao mesmo interdito, o seu "inaugurador", no casamento, expõe-se em consequência a perigosas represálias. Vale a pena reler, nesse sentido, o lindíssimo episódio de Sam e Tobias (Tb 3,7-9; 6,10-15; 6,16-18-19): o terrível e ciumento demônio Asmodeu não permitiu que os sete primeiros maridos consumassem o matrimônio com jovem de Ecbátana, matando-os todos. Foi preciso que o Anjo do Senhor agrilhoasse Asmodeu e O arrastasse para o deserto, para que o oitavo marido, Tobias, se tornasse realmente o esposo de Sara. Agora se compreende melhor por que o jovem esposo romano, segundo se mostrou em *Mitologia Grega* (v. 1, cap. 13, p. 308-309), enchia a alcova de deuses para que o ajudassem na ingente tarefa do defloramento. Para conjurar tamanha ameaça e romper o tabu, engendrou-se um processo muito usado no mundo oriental: a jovem consagrava sua virgindade a uma divindade num ato único de "prostituição sagrada", cujo lucro material era entregue ao tesouro do templo a que pertencia o deus ou a deusa. Em Atenas, ainda à época clássica, jovens de estirpe eram designadas para servir temporariamente a Artemis de Bráuron, na Ática. O serviço, que era um privilégio, consistia no "resgate de sua própria virgindade, a fim de prevenir futuras represálias da deusa". Essas jovens eram tão somente delegadas de sua geração, em cujo favor e para cuja proteção procediam a um resgate simbólico e coletivo. De outro lado, diga-se de caminho, o verbo deflorar mereceria uma explicação. O grego tem ἀπανθεῖν, cuja origem primeira é ἀπό-, "de", no sentido de proveniência, e ἄνθος, "flor", donde ἀπανθεῖν, "colher a flor de"; o latim tardio possui *dejwrare*; o inglês, *deflower*; o francês, *déflorer*; o italiano, *deflorare*, todos com a mesma acepção de "colher, arrancar a flor de", deflorar. E exatamente nesse "arrancar a flor de" que reside o perigo e a ameaça. Plutão raptou (deflorou) Perséfone, quando esta se abaixou para colher um narciso. Esse "arrancar a flor de" estabelece em definitivo uma separação. Deflorada, a jovem perde seu estado de identidade com a mãe e assimila a identidade do marido. Passa de um estado de horizontalidade para o de verticalidade.

Talvez não fosse de todo fora de propósito abrir um parêntese para mostrar que a repressão sobre a mulher, a começar pelo casamento, na Grécia e em Roma, para citar apenas estas duas culturas, remonta a arquétipos ancestrais...

Diga-se, por isso mesmo, de passagem, que o grego não inovou em matéria de repressão à mulher, particularmente no que tange ao matrimônio. Conforme enfatiza Benveniste[14], o indo-europeu não tem um termo preciso para designar o casamento. Aristóteles observa, com muita propriedade, que não há em grego um vocábulo para "casamento". ἀνώνυμος ἡ γυναικὸς καὶ ἀνδρὸς σύζευξις (*Polít*. 1, 3,2), – a união do homem e da mulher não possui nome. Com efeito, conforme bem observa o já citado Benveniste, as expressões que hodiernamente a denominam são criações secundárias (como o francês *mariage*, o alemão *Ehe*, o português *casamento*...). Nas línguas mais antigas, a diversidade de designações não é apenas *lexical*, mas também morfológica. Assim, os termos se diferenciam não apenas quando se trata de "casar" para o homem ou para a mulher, mas também divergem no fato de que para o *homem* os termos são *verbais*, e para a mulher são nominais. A antiga raiz indo-europeia para designar "casar" para o homem, "assenhorear-se da mulher", e *wedh, como ainda se pode reconhecer no grego ἔεδνα, "presente de casamento, dote". O grego e o latim inovaram lexicamente, mas o conteúdo permaneceu o mesmo: em grego γαμεῖν é "casar" para o homem; γαμεῖν τινα

---

14. BENVENISTE, E. *Le Vocabulaire des institutions indo-européennes*. Paris: Minuit, 1969. v. 1, p. 239-243.

significa literalmente "tomar alguém por esposa". Para a mulher pode empregar-se o mesmo verbo, porém na voz médio-passiva e com dativo: γαμεῖσθαι τινι "ser tomada por alguém como esposa", "ser casada com alguém". Em latim, as coisas ainda são mais claras: *ducere uxorem*, "conduzir a mulher", *domum*, "para casa", é "casar" para o homem. Para a mulher não se tem, a bem dizer, um verbo específico. *Nubere* é propriamente "cobrir-se com véu", "velar-se", que é um rito inerente às núpcias, e não o casamento em si, a não ser *lato sensu*. *Nubere alicui* é "cobrir-se com um véu para alguém, em atenção a alguém e com intenção de alguém"; e *qui eam domun ducat* tem o sentido de "que a leve para casa". Diga-se ainda, a propósito, que *nubere* é de emprego poético. As formas mais usuais são o particípio *nupta*, "dada em casamento", e a locução *nuptum dare*, "dar (a filha) em casamento". Fica bem claro, destarte, que tanto em grego como em latim a mulher funciona no casamento como objeto e não como sujeito: a mulher não se casa, é casada; em outras palavras: ela não realiza um ato, mas muda de condição ou a tem mudada por interferência de outrem. Esclareça-se que o *tardio maritare* significa primordialmente "unir, entrelaçar" e depois "dar em casamento". Observe-se, por último, que *matrimonium* significa literalmente "a condição legal de *mater*", cujo exato sentido pode ser bem aquilatado partindo-se do pai: "dar a filha em casamento" ou do marido: *alicuius filiam ducere in matrimonium*, "casar-se com a filha de alguém"; ou finalmente da própria mulher: *ire in matrimonium*, "seguir para o casamento, ser casada", uma vez que *matrimonium* define a condição a que ascende a mulher, a de *mater familias*, de "mãe de família". O casamento significa para ela não um ato, mas uma destinação: é dada e conduzida "para o fim precípuo do *matrimonium*, de *ire in matrimonium*, de ser conduzida ao casamento para exercer a sua função legal de *mater*, de mãe". Não é em vão que uma das partes centrais do casamento grego era a ἔκδοσις, do verbo διδόναι, "dar, entregar", donde ἔκδοσις; ser a entrega da νύμφη, da noiva ao marido que a conduz para seu novo lar numa carruagem.

Feita esta digressão, que julgamos necessária ao entendimento do *status* da mulher na *Grécia indo-europeia*, voltemos à repressão!

Fechado o parêntese, penetremos no interior de um doce lar ateniense! Marido e mulher dormem em quartos separados, como se desde o início vigorasse tacitamente o princípio da separação de corpos, conforme se pode observar desde a *Odisseia*, através dos cantos XXI e XXIII. A câmara nupcial é a do esposo, à qual tem acesso a mulher, quando solicitada. Caso contrário, podem eventualmente frequentá-la concubinas e amantes sendo estas últimas, as mais das vezes, escravas da própria casa. No palácio de Ulisses, o quarto nupcial ficava no andar térreo. O tálamo de Penélope, num pavimento superior, situava-se sobre o *mégaron*, o grande salão comunicando-se com este por uma escadaria. Os meninos, que aos sete anos deixavam os aposentos das mulheres, alojavam-se no pátio, em torno do palácio. As meninas tinham seu quarto ao lado da alcova materna. O homem ocupava-se dos jogos, das caçadas, dos banquetes e, principalmente em Atenas, da política. Por ser um πολίτης, um cidadão, ele "politizava", ou seja, tinha o tempo tomado pelos negócios públicos e pelos assuntos diários atinentes à pólis. Sua casa é agora a Acrópole, o Tribunal dos Heliastas, o teatro de Dioniso... Os meninos, desde muito cedo, passam também o dia fora do lar. O tipo de educação em Atenas assim o exige. Frequentam a escola do *gramático*, onde aprendem letras e matemática; o *citarista* ensina-lhes o canto e a dança e, a partir dos quatorze anos, o παιδοτρίβης, o "mestre de ginástica", ensina-lhes a educação física, completando o triângulo da pedagogia ateniense. A menina permanece em casa com a mãe. Se alguma coisa aprende, o faz por obra desta ou de uma escrava, o que é mais provável, pois a mulher ateniense não se ocupa nem pode ocupar-se com o intelecto. As Musas, na cidade de Palas Atena, são cultuadas pelos homens.

A função primeira da mulher é dar ao marido um *herdeiro*, talvez um casal. A conselho de Platão, deve parar por aí... Quando não tem filhos, é devolvida aos pais. Se o homem casa para assegurar a continuidade da família e da pólis, repudiar a mulher estéril é cumprir um dever religioso e patriótico. Aliás, o homem podia abandonar a esposa a seu bel-prazer, tendo apenas nesse caso que devolver o dote. Dada a avareza grega, isso deve ter constituído um sério óbice à multiplicação dos divórcios. O adultério da mulher tornava obrigatório o repúdio, sob pena de ἀτιμία para o marido, isto é, de desonra pública, com privação parcial ou total dos direitos políticos. Quando o divórcio fosse requerido pela mulher, por sevícias ou maus-tratos infligidos pelo marido, o processo era difícil e moroso. O adultério cometido pelo marido era outro assunto (sobre o qual já havia consenso legal e consuetudinário, conforme se verá mais adiante) e não dava à mulher qualquer direito de pleitear a dissolução do vínculo matrimonial.

Somente o Arconte Epônimo[15] podia julgar as razões expostas pela esposa, uma vez que tanto a *mulher* como os *escravos*, nos termos da lei, eram *incapazes permanentes*. Além disso, a opinião pública era extremamente severa com as mulheres que requeressem di-

---

15. O arcontado era um colégio de nove membros e constituía mais uma reunião de administradores que um corpo político. Dentre seus nove membros destacavam-se três: o *arconte-rei*, que se incumbia principalmente das festas religiosas e resolvia os processos relativos a religião; o *arconte-polemarco*, que se ocupava das questões da guerra e dos processos atinentes a delitos militares; e o *arconte epônimo*, que escolhia os coregos, resolvia as questões relativas à liturgia e a certas grandes festas da cidade e funcionava como juiz nas causas mais importantes relativas ao direito de família (relações entre pais e filhos, dote no casamento, direitos dos órfãos e das viúvas e divórcio quando requerido pela mulher).

vórcio. *Medeia*, que na tragédia homônima de Eurípides se exprime como uma ateniense do século V a.C., é inequívoca a esse respeito:

Πάντων δ᾽ ὅσ᾽ ἔστ᾽ ἔμψυχα καὶ γνώμην ἔχει
γυναῖκές ἐσμεν ἀθλιώτατον φυτόν·
ἃς πρῶτα μὲν δεῖ χρημάτων ὑπερβολῇ
πόσιν πρίασθαι, δεσπότην τε σώματος
λαβεῖν· κακοῦ γὰρ τοῦτ᾽ ἔτ᾽ ἄλγιον κακόν.
Κἀν τῷδ᾽ ἀγὼν μέγιστος, ἢ κακὸν λαβεῖν
ἢ χρηστόν. οὐ γὰρ εὐκλεεῖς ἀπαλλαγαί
γυναιξὶν, οὐδ᾽ οἷόν τ᾽ ἀνήνασθαι πόσιν (*Med.* 230-237).

– De todos os seres viventes e pensantes, somos nós, as mulheres, as criaturas mais sofredoras. Primeiro, somos obrigadas a gastar muito dinheiro para comprar um marido e (além disso, a) dar um senhor ao nosso corpo, mal ainda mais grave que o primeiro.
E vem o problema mais sério: será ele bom ou mau?
Pois é uma vergonha para as mulheres abandonar o marido nem lhes ser possível repudiá-lo.

A trincheira da mulher é o lar, onde ela é a δέσποινα, "a senhora", que comanda as filhas e os escravos. Suas prendas domésticas são a roca e o tear. De culinária não é necessário entender. Em Atenas os grandes cozinheiros são os escravos.

É ainda Menandro quem nos revela os hábitos dos atenienses:

πέρας γὰρ αὔλειος θύρα
ἐλευθέρᾳ γυναικὶ νενόμιστ᾽ οἰκίας (*Frag.* 546 K).

– para uma mulher honesta a porta de entrada
É o limite fixado pela tradução.

Personagem do *Econômico* de Xenofonte, o meticuloso Isômaco merece ter suas palavras repetidas, por espelharem com fidelidade a postura de um "bom marido" ateniense dos fins do século V a.C. Dialogando com Sócrates, retrata para ele "as virtudes" da esposa ideal e em seguida faz alarde do mais contundente machismo:

Καὶ τί ἄν, ἔφη, ὦ Σώκρατες, ἐπισταμένην αὐτὴν παρέλαβον, ἢ ἔτη μὲν οὔπω πεντεκαίδεκα γεγονυῖα ἦλθε πρὸς ἐμέ, τὸν δ᾽ ἔμπροσθεν χρόνον ἔζη ὑπὸ πολλῆς ἐπιμελείας ὅπως ὡς ἐλάχιστα μὲν ὄψοιτο, ἐλάχιστα δ᾽ ἀκούσοιτο, ἐλάχιστα δ᾽ ἔροίη; Οὐ γὰρ ἀγαπητόν σοι δοκεῖ εἶναι, εἰ μόνον ἦλθεν ἐπισταμένη ἔρια παραλαβοῦσα ἱμάτιον ἀποδεῖξαι, καὶ ἑωρακυῖα ὡς ἔργα ταλάσια θεραπαίναις δίδοται; Ἐπεὶ τά γε ἀμφὶ γαστέρα, ἔφη, πάνυ καλῶς, ὦ Σώκρατες, ἦλθε πεπαιδευμένη (*Econ.* 7, 28-35).

– Que poderia ela saber, quando a recebi, Sócrates? Ainda nem havia completado quinze anos, quando veio para minha casa, tendo até então vivido sempre sob a mais severa vigilância, para que nada visse ou ouvisse a seu redor e muito menos perguntasse. Que poderia eu desejar mais – não te parece que encontrar nela alguém capaz de cuidar da lã, preparar as vestes e bem comandar a tarefa das fiandeiras? Crê, Sócrates, que para incutir-lhe a sobriedade, a educação que lhe deram foi adequada...

E agora a declaração da superioridade masculina:

Εἰπέ μοι, ὦ γύναι, ἆρα ἤδη κατενόησας τίνος ποτὲ ἕνεκα ἐγώ τε σὲ ἔλαβον καὶ οἱ σοὶ γονεῖς ἔδοσάν σε ἐμοί; Ὅτι μὲν γὰρ οὐκ ἀπορία ἦν μεθ᾽ ὅτου ἄλλου ἐκαθεύδομεν ἄν, οἶδ᾽ ὅτι καὶ σοὶ καταφανὲς τοῦτ᾽ ἐστί. Βουλευόμενος δ᾽ ἐγώ τε ὑπὲρ ἐμοῦ καὶ οἱ σοὶ γονεῖς ὑπὲρ σοῦ τίν᾽ ἂν κοινωνὸν βέλτιστον οἴκου τε καὶ τέκνων λάβοιμεν, ἐγώ τε σὲ ἐξελεξάμην καὶ οἱ σοὶ γονεῖς, ὡς ἐοίκασιν, ἐκ τῶν δυνατῶν ἐμέ (*Econ.* 7, 53-59).

– Dize-me, mulher, agora a compreender por que te recebi e por que teus pais te entregaram a mim? Não me teria sido difícil encontrar outra companheira que viesse partilhar comigo o leito; e tu mesma, estou certo, já te apercebeste disto. Só depois de muito refletir, eu e teus pais, no meu e no teu interesse, sobre os meios de construir um lar e assegurar descendência, foi que te escolhi, do mesmo modo que teus pais hão de ter visto em mim a melhor escolha para uma filha sua.

Eis aí, de corpo inteiro, o modelo de uma "penélope" do século V a.C.: caseira, calada, discreta, diligente, laboriosa, fiel, econômica, submissa...

2.1.1 O amor se busca na rua

Ao que parece, ao menos de acordo com um "código feminino" de inspiração pitagórica, raras eram as oportunidades em que solteiras e casadas, desacompanhadas dos pais ou dos maridos, mas guardadas por escravos, podiam transpor a porta de saída.

Esse tratado de ética feminina, atribuído a pitagórica Fíntis, prescreve três ocasiões em que a mulher estava autorizada a ausentar-se do lar; para comparecer a uma festa, para fazer determinadas compras ou para o cumprimento de obrigações religiosas. Como a primeira e a terceira permissões fossem muito vagas e possibilitassem abusos, Fíntis resolveu restringi-las: às mulheres não seria dado "participar das ὄργια de Baco (quer dizer, deixarem-se possuir pelo êxtase e pelo entusiasmo dionisíacos), nem por aqueles da Grande Mãe (Deméter), porque tais práticas provocam embriaguez e lançam a alma para fora de si mesma." Essas proibições deveriam estar reservadas às pitagóricas, porque a mulher ateniense, apesar dos pesares, certamente muito a contragosto dos ciosos maridos, mas por "suma benevolência da pólis", participava realmente das ὄργια dionisíacas. As Tíades, isto é, as que se tinham deixado possuir do delírio báquico, no dizer de Jeanmaire, são "verdadeiras celebrantes do culto de Dioniso, no qual as Mênades têm o sentido de uma projeção no plano mítico"[16]. Também no segundo dia das grandes festas de Dioniso, denominadas Anteste-

---

16. JEANMAIRE, H. *Dionysos* – Histoire du culte de Bacchus. Paris: Payothèque, 1978. p. 168s.

rias, a mulher participava da grande procissão que comemorava a chegada do deus a Atenas. Nesse mesmo dia, aliás, como referimos amplamente em *Mitologia grega* (v. 2, cap. 4, p. 5), a esposa do Arconte Rei, a βασίλινα entregava-se a Dioniso, certamente representado por um sacerdote com máscara. Consumava-se dessa forma o ἱερὸς γάμος, o casamento sagrado, símbolo da sagrada fecundação, que beneficiava todas as mulheres da pólis. Mas não eram apenas as *Antestérias* que as mulheres celebravam participando das ὄργια dionisíacas. Consoante Sículo, *Biblioteca Histórica*, livro 3 e sobretudo 4, 3, "beócios, outros gregos trácios" comemoravam de dois em dois anos o retorno triunfal da viagem que o deus fizera à Índia. As solteiras empunhavam tirsos e associavam-se às manifestações de "posse do deus"; as casadas sacrificavam a Baco "com seus corpos", fazendo o papel de Bacantes, imitando as Mênades, que a história transformara em companheiras do filho de Sêmele.

Também nos Mistérios de Elêusis a presença da mulher era um fato consumado; e no segundo dia das Tesmofórias, festividade também em honra de Deméter, as mulheres casadas reuniam-se no Pnix. Após um dia de jejum, sentadas sobre folhas de loureiros, explodiam em fantástica distensão verbal e gestual. Ora, tanto as *Antestérias* quanto os *Mistérios de Elêusis*, as *Tesmofórias* e outras atividades religiosas menores, que sempre contaram com a presença da mulher (às vezes até com exclusão dos homens) tinham por objetivo estimular a fertilidade da própria mulher e do solo. Tais fatos terão levado pais, maridos, a pólis toda, a tolerarem tamanha liberdade! Depois dessas pequenas escapadelas, as atenienses voltavam a seu habitat tradicional, o gineceu. Se jovens e bonitas, após desfilarem nas *Panateneias*, em honra de Palas Atená, podiam ficar esculpidas nos frisos do Partenon… Acrescente-se, de passagem, que Dioniso e Deméter, como divindades essencialmente ligadas à vegetação, promotoras e protetoras da fertilidade, permaneceram por longo tempo identificados com o campo, longe dos deuses patriarcais e legalistas que habitavam o Olimpo. Só a partir dos fins do século VII a.C. é que autoridades, pais e maridos gregos, embora ainda temerosos por suas filhas e esposas, passaram a franquear as portas da cidade aos celebrantes de Deméter e Dioniso.

Na literatura, Eurípides, "o que pintava os homens como eles eram", tentou mostrar aquilo de que era capaz a mulher no amor e no ódio. Μοῖρα, a fatalidade cega de Ésquilo, e λόγος, a razão socrática de Sófocles, na obra de Eurípides vão surgir transmutados em Ἔρως, a força da paixão. Como diz *Medeia*, vinte e dois séculos antes de Pascal, "o coração tem razões que a própria razão desconhece" (*Med*. 1080). De Eletra a Políxena, passando por Evadne, Macária, Ifigênia, Andrômaca, e fechando o ciclo com *Medeia*, a que mata por amor, e *Alceste*, a que morre por amor, o grande poeta do feminino fez com que o silêncio de Ἔρως em Ésquilo e Sófocles fosse transformado em πάθος, nos rugidos do ódio e nos estertores da paixão. Seria bastante dizer que, das dezessete tragédias euripidianas chegadas até nós, doze são de nomes femininos e treze têm como protagonista uma mulher.

Aristófanes, o cômico genial, mas extremado conservador, percebendo com seu olhar agudo e ferino o perigo iminente dessa liberação feminina, assestou contra o poeta de *Fedra* todo o ímpeto de sua sátira demolidora.

O caso de *Fedra* foi realmente um escândalo! Em sua tragédia *Hipólito*, Eurípides fizera com que a rainha Fedra, apaixonada por seu enteado Hipólito, lhe declarasse ela própria seu amor irresistível. A peça foi um fracasso, porque o público, condicionado como estava quanto à incapacidade permanente da mulher e sua corolária inferioridade, foi tomado pela mais profunda revolta. Tão direta teria sido a confissão da madrasta, que esse primeiro *Hipólito* (de que só nos chegaram fragmentos) foi mais tarde cognominado Ἱππόλυτος Καλυπτόμενος *Hipólito Velado*, pois o jovem filho de Teseu, envergonhado com a audácia da rainha, cobrira o próprio rosto! Aristófanes não perdeu a oportunidade e em sua obra-prima, a comédia *As Rãs*[17], referindo-se a esta tragédia de Eurípides, chamou *Fedra* de πόρνη, de prostituta! (*As Rãs*, 1044).

O grande trágico ateniense compôs então um segundo *Hipólito*, mais tarde referido como Ἱππόλυτος Στεφανηφόρος. *Hipólito Porta-Coroa*, em que a paixão da rainha é anunciada ao enteado por intermédio de uma escrava. Foi um sucesso. Até Aristófanes, ainda que o não tenha dito, deve ter ficado radiante. Afinal, o vil amor de uma mulher só podia mesmo ser declarado pelos lábios de uma escrava!

O acontecido com *Alceste* foi ainda mais grave. O rei Admeto, casado com Alceste e pai de dois filhos, foi sorteado pelas Μοῖραι para aumentar o número de habitantes do reino de Plutão. As terríveis divindades da morte, no entanto, o poupariam até novo sorteio, se o soberano da cidade de Feres encontrasse alguém que se oferecesse para morrer em seu lugar. A rainha, ainda jovem e bela, num sobre-humano gesto de altruísmo e de amor prontificou-se a dar a vida pelo marido. Afinal, para ela, "seria muito mais grave se os filhos ficassem *órfãos de pai*[18]. Na *Ifigênia em Áulis*, a jovem filha de Agamêmnon, que deveria ser sacrificada a Ártemis, para que a frota grega tivesse ventos favoráveis, procura consolar sua

---

17. Veja-se a edição BRANDÃO, J. S. *Teatro Grego*: Eurípides e Aristófanes – O Ciclope, As Rãs e As Vespas. Rio de Janeiro: Ed. Espaço e Tempo, 1987.

18. Veja-se, a propósito, nossa longa introdução a BRANDÃO, J. S. Introdução. *In*: EURÍPIDES. *Alceste*. Trad. J. S. Brandão. 3. ed. Rio de Janeiro: Bruno Buccini, 1968.

mãe Clitemnestra, dizendo-lhe que *a vida de um só homem vale mais que a de milhares de mulheres* (Eurípides, *I.A.*, 1394). Tal era a mentalidade vigente. Alceste desce à outra vida, mas é ressuscitada por Héracles, não por haver dado a vida pelo marido e pelos filhos, mas porque Admeto, embora de luto, num gesto heroico, concedera hospitalidade ao filho de Alcmena... Suprema ironia! Desse modo, nem sequer no mito a mulher é poupada.

No tocante às fantásticas manifestações de "rebeldia feminina", atestada sobretudo em duas comédias de Aristófanes, *Lisístrata* e *Assembleia das Mulheres*, é preciso deixar claro que não se tratava propriamente de nenhum "movimento feminista". *Lisístrata* é uma sátira violenta, voltada particularmente contra atenienses e espartanos, incapazes de concluir um acordo de paz na fratricida Guerra do Peloponeso. A *Assembleia das Mulheres* é uma caricatura grotesca da incompetência dos homens de bem governarem sua pólis, e uma crítica mordaz à inconstância e à mania dos atenienses de novidades e de mudanças irrefletidas. Com efeito, a comédia Λυσιστράτη foi à cena em 411 a.C., num momento difícil para Atenas, cujos contingentes militares acabavam de ser derrotados na Sicília em 413 a.C. Essa peça tão humana e repassada de altruísmo marca um derradeiro esforço de Aristófanes em prol da paz entre atenienses e espartanos. Deixando de lado os partidos políticos que se digladiavam e a visão egoísta da pólis, o poeta dirige-se dessa feita, aos dois adversários e o faz em nome de toda a Hélade. Que se deixe de derramar o sangue grego ao menos em função da identidade de origem e de religião. Para fazer-se ouvir, o grande cômico imaginou um singular estratagema. A "feminista" ateniense Lisístrata, com o respaldo de sua conterrânea Cleonice e o apoio decidido da espartana Lâmpito, da beócia Ismênia e de mulheres de Corinto, promoveu solenemente uma greve *sui generis* contra todos os maridos nas principais pólis gregas: nada de sexo enquanto não fosse assinada a paz entre gregos e espartanos. Tomada a Acrópole e barricado o tesouro público, estômago da guerra, as atenienses, apesar das tentativas de alguns maridos, resistiram brava e heroicamente. Vencidos pela tenacidade de Lisístrata e de Lâmpito, espartanos e atenienses, já em estado de desespero, pediram a paz em nome de Afrodite!

A comédia, em verdade, nada possui que exalte ou que concorra para liberar a mulher. Trata-se apenas de uma sátira contra a cegueira e a incompetência dos homens, cujo espírito belicoso e arrogante é derrotado por uma simples flecha de Eros.

Ἐκκλησιάζουσαι, *Assembleia das Mulheres*, uma peça já bem diferente da estrutura da Comédia Antiga, apareceu nas Leneanas de 392 a.C., quando Atenas já havia sido derrotada e humilhada por Esparta em 404 a.C. As marcas dos pés de bronze dos Trinta Tiranos ainda estavam gravadas na Acrópole, e Atenas, agora aliada de Tebas e Corinto, estava novamente em guerra com Esparta!

Numa comédia de tom inteiramente diverso, com o Coro quase silenciado, sem parábase e com sátira política assaz atenuada, Aristófanes criou uma fantástica utopia. Dadas a inconstância e a obsessão pela novidade tão características do espírito ateniense, as mulheres da pólis de Palas Atena, sob o comando da líder "feminista" Praxágoras, apossaram-se de Atenas e proclamaram uma república "comunista" *sui generis*, cujo governo seria exercido tão somente por mulheres. Os dois pontos altos da nova constituição eram a total comunhão de bens e a absoluta liberdade sexual *para a mulher*. Nesse furioso matriarcado, de fazer inveja a Bachofen, só havia uma exceção, exatamente em matéria de sexo: as velhas e as feias, na satisfação de seus ardores sexuais, teriam incondicional prioridade para requisitar os mais belos e fortes dentre os jovens…

A comédia em apreço, igualmente, não defende nem enaltece a mulher: é uma sátira contra a falta de equilíbrio e espírito público dos atenienses. Para governar a pólis bastava uma só qualidade: o bom-senso! Esse predicado, porém, não o possuía um povo mordido pelo desejo sempre crescente de novidade, conforme agudamente observou Aristófanes:

Ἡ δ᾽ Ἀθηναίων πόλις,
εἴ πού τι χρησῶς εἶχεν, οὐκ ἂν ἐσῴζετο,
εἰ μή τι καινὸν ἄλλο περιηργάζετο
(Arist. Ass. Mulh. 218-22).

– Com efeito, a cidade dos atenienses, quando vai bem, não se acredita salva, a não ser que alguma novidade aconteça.

Um casamento sem amor, apenas para perpetuar a família fatalmente levaria o ateniense para outros braços. A sua disposição estavam as *concubinas* e as *heteras*. As concubinas, as "amantes", em regra eram atenienses de famílias pobres, ou então estrangeiras (gregas de outras pólis), escravas ou até "bárbaras". A concubina, em grego παλλακή, sobretudo a partir do século IV a.C., tornou-se uma espécie de segunda esposa, certamente sem que houvesse para o concubinato um respaldo jurídico específico. Mas os costumes, e mesmo as leis, eram muito tolerantes a esse respeito. Dessa forma, muitos atenienses eram praticamente bígamos. O grande Temístocles era filho de um cidadão ateniense com uma escrava trácia, Abrótonon, o que não o impediu de fazer uma brilhante carreira política. A propósito das concubinas escreveu o moralista Plutarco:

αἱ δὲ σώφρονες οὐ διὰ αὐστηρὸν καὶ κατεγνυπωμένον ἐπαχθὲς ὄνομα καὶ δυσκαρτέρητον ἔχουσι, καὶ Ποινὰς καλοῦσιν αὐτὰς ἀεὶ τοῖς ἀνδράσιν ὀργιζομένας, ὅτι σωφρονοῦσιν; Ἆρ᾽ οὖν κράτιστον ἐξ ἀγορᾶς γαμεῖν

Ἀβρότονόν τινα θρῆσσαν ἢ Βακχίδα Μιλησίαν ἀνέγγυον ἐπαγομένην δι᾽ ὠνῆς καὶ καταχυσμάτων; (*Erót.* 753 C-D).

– Mas algumas esposas de hábitos austeros, com o cenho carregado e severo, não possuem um epíteto odioso e insuportável? Não são por acaso denominadas megeras, por estarem sempre irritadas com os maridos, em função mesma de sua austeridade? O mais acertado não seria porventura unir-se a uma qualquer, a uma Abrótonon da Trácia ou a uma Báquis de Mileto, sem casamento regular, mas comprando-as e jogando-lhes nozes sobre a cabeça?

O concubinato não trazia problemas para o marido, nem em relação à esposa legítima, nem tampouco às leis da pólis, exceto se a concubina fosse abandonada e reclamasse "seus direitos". Nesse caso, em lugar de receber, o concubinário ficava obrigado a pagar uma espécie de indenização à amásia.

Mas o concubinato não é assunto novo: já aparece sacramentado em Homero. Como os deuses não houvessem concedido mais descendência a Helena além da filha Hermíona, Menelau, para ter um herdeiro, uniu-se a uma escrava e esta lhe deu o *destemido Megapentes* (*Od.* N, 10-12).

Acrescente-se logo que em sua *República* Platão vai mais longe: prega sem mais ambages a comunidade de esposas, ao menos para os guerreiros da *República*:

Τὰς γυναῖκας ταύτας τῶν ἀνδρῶν τούτων πάντων πάσας εἶναι κοινάς, ἰδίᾳ δὲ μηδενὶ μηδεμίαν συνοικεῖν· καὶ τοὺς παῖδας αὖ κοινούς, καὶ μήτε γονέα ἔκγονον εἰδέναι τὸν αὑτοῦ μήτε παῖδα γονέα (*Rep.* 5, 457d).

– Estas mulheres de nossos guerreiros serão todas comuns a todos. Nenhuma delas coabitará particularmente com nenhum deles. Os filhos, igualmente, serão comuns e o pai não reconhecerá seu filho, nem este àquele.

Mas, voltemos às amantes…

Sem qualquer sombra de dúvida a mais célebre entre as concubinas gregas foi *Aspásia*. Casado com uma prima e pai de dois filhos, Péricles repudiou a esposa para unir-se a essa bela, inteligente e culta mulher da cidade asiática de Mileto. Mas não pôde casar-se, por não ser ela ateniense, nem tampouco originária de uma cidade que houvesse recebido de Atenas o direito de epigamia, isto é, a permissão legal de casamento entre pessoas de cidades diferentes.

Segundo Xenofonte (*Econômico*, 3,14) e Platão (*Menéxeno*, passim), sem embargo de algumas estocadas irônicas deste último Sócrates tinha-lhe grande apreço. Diz a tradição que essa extraordinária milésia exerceu grande influência sobre o companheiro e até mesmo sobre a política de Atenas.

Os poetas cômicos, não tendo jamais perdoado a Péricles o haver-se divorciado de uma ateniense com dois filhos e tomado por concubina uma "estrangeira", dispararam suas farpas contra o governante de Atenas e sua amásia. Aristófanes (*Acar.* 526-527) chama-a de prostituta e dona de prostíbulo. Em todo caso, alguns pósteros fizeram-lhe justiça. O nosso Monteiro Lobato, por exemplo, evocando a figura impressionante da milésia, diz pelos lábios de Dona Benta que o século de Péricles deveria chamar-se o século de Péricles e de Aspásia[19].

A *hetera*, em grego ἑταίρα, "companheira, cortesã, amante" (diferente de πόρνη, "prostituta"), contentava-se com pouco, pois as mais das vezes era escrava. Mas as de alto coturno custavam muito caro a seus amantes. À época helenística heteras houve que desposaram príncipes e se tornaram rainhas. Segundo Plutarco,

---

19. LOBATO, M. *O Minotauro*. 9. ed. São Paulo: Brasiliense, 1958. p. 195.

Αὐλητρίδες δὲ Σάμιαι καὶ ὀρχηστρίδες, Ἀριστονίκα καὶ τύμπανον ἔχουσ᾽ Οἰνάνθη καὶ Ἀγαθόκλεια διαδήμασι βασιλέων ἐπέβησαν (*Erót.* 753D).

– Oboístas, dançarinas de Samos, uma Aristonica, uma Enante com seu tamborim, uma Agatocleia calcaram aos pés diademas reais.

A mais famosa das heteras, todavia, viveu no século IV a.C., em Atenas. Procedia de Téspias, na Beócia, e chamava-se *Mnesárete*, "a que se lembra da virtude", mas, por sua tez ligeiramente *amarelada* – o que em nada lhe diminuía a esfuziante beleza – recebeu o epiteto de *Frine* ou *Frineia*, em grego Φρύνη [20]. Conta-se que, processada por impiedade, foi defendida pelo grande político e orador Hiperides. Vendo a causa perdida, o hábil sinégoro recorreu a um peculiar estratagema: postou Frineia diante dos juízes e, num gesto rápido, despindo-a completamente, perguntou aos augustos magistrados se tinham coragem de condenar tudo aquilo à morte… Frineia foi absolvida por unanimidade!

Amante do extraordinário escultor Praxíteles, serviu-lhe de modelo, segundo consta, ao menos para a Afrodite de Cnido. De tão rica, fez-se esculpir em ouro e colocou a estátua no santuário de Delfos. Plutarco, que foi sacerdote de Apolo no santuário pítio, disse irritado que a estátua de Frineia era como um *troféu conquistado sobre a luxúria dos gregos* (*Sobre os oráculos da Píria*, 401 A).

Parece certo que em Atenas concubinas e heteras eram muito mais amadas do que as esposas legítimas, isto é, do que as esposas da ἐγγύησις, mães de ínclitos defensores da pólis e da tradição! O testemunho é de Ânfis, poeta cômico citado por Ateneu (13, 569d): "Porventura não é a amante sempre mais agradável do que a espo-

---

20. Em grego φρύνη é *sapo*.

sa legítima? Não há dúvida, e existe um motivo para isso: por mais enfadonha que seja a esposa, a lei nos obriga ao seu convívio. A amante, ao revés, sabe perfeitamente que só com muita dedicação se consegue preservar o afeto do homem; se assim não for, ele sem dúvida se porá à procura de outra".

O grande orador ateniense Demóstenes (384-322 a.c.) legou--nos um conceito melancólico a respeito da esposa legítima. Em seu discurso contra Neera dá-se uma ideia exata do que pensava o ateniense acerca da mãe de seus filhos:

> τὰς μὲν γὰρ ἑταίρας ἡδονῆς ἕνεκ᾽ ἔχομεν, τὰς δὲ παλλακὰς τῆς καθ᾽ ἡμέραν θεραπείας τοῦ σώματος, τὰς δὲ γυναῖκας τοῦ παιδοποιεῖσθαι γνησίως καὶ τῶν ἔνδον φύλακα πιστὴν ἔχειν (*Neer.* 1385, 122).

> – Temos, pois, as heteras para nosso prazer; concubinas para cuidarem diariamente de nosso bem-estar e as esposas para que nos deem filhos legítimos e nos governem fielmente a casa.

Após a sangrenta Guerra do Peloponeso, houve muitas tentativas de inovações.

Através da literatura, particularmente da *Comédia Nova* e da escultura, sobretudo a de Escopas, cujas obras são um êxtase de amor e de paixão, o sofrido século IV a.C. tentou reabilitar o amor conjugal. A mulher, de imediato, engajou-se nas fileiras de Ἔρως. O amor, os prazeres, as intrigas sentimentais começam a fazer parte da vida diária e penetram nos lares. O gineceu, desde então, parecia um museu das velhas recordações do passado. Agora a mulher se engalana e procura descobrir a rua, para descobrir o amor.

Mas o perigo sobrevém, quando a mulher se defronta com o homem e tenta com ele competir. A pólis, alarmada, resolve esconder as flechas de Ἔρως. Um magistrado é designado para frear o *fu-*

ror eroticus e o luxo das "helenas" atenienses (com que Sólon, três séculos antes, já se preocupava) e principalmente supervisionar-lhes os costumes. Esse censor incômodo, esse catão grego *avant la lettre* foi chamado γυναικονόμος, "ginecónomo", isto é, "supervisor dos costumes e da conduta feminina". Por certo o íntegro magistrado terá começado por lembrar à mulher a sua condição de inferioridade, que tantos séculos mais tarde haveria de ser estereotipada naquele "ser de cabelos compridos e ideias curtas"... E assim, foi a mulher levada de volta ao gineceu.

Também o estoicismo tardio, possivelmente por influência romana, esboçou uma defesa da família; mas o fenômeno, ao que tudo indica, motivou apenas os iniciados estoicos.

2.1.2 *A mulher espartana: um laboratório eugênico*

Sem embargo de parecer mais liberada que a ateniense, a mulher espartana é outra vítima de uma estrutura social caduca e ultraconservadora. Comecemos pelos sagrados laços do matrimônio. Em Esparta vige a endogamia; quer dizer, os casamentos se realizam no interior de um mesmo grupo social. E se faz consumar pelo rapto, o que de si denota um rito arcaico, segundo se mostrou em *Mitologia Grega* (v. 1, cap. 6, p. 112-114). A noiva raptada é entregue a uma νυμφεύτρια com um sentido um pouco mais amplo do que o comentado para a mesma função em Atenas. Na Lacônia, a νυμφεύτρια, sendo também uma espécie de madrinha iniciadora, torna-se guardiã da noiva:

> 5 ... ... τὴν δ᾽ ἁρπασθεῖσαν ἡ νυμφεύτρια καλουμένη παραλαβοῦσα, τὴν μὲν κεφαλὴν ἐν χρῷ περιέκειρεν, ἱματίῳ δ᾽ ἀνδρείῳ καὶ ὑποδήμασιν ἐνσκευάσασα, κατέκλινεν ἐπὶ στιβάδα μόνην ἄνευ φωτός. 6 Ὁ δὲ νυμφίος οὐ μεθύων οὐδὲ θρυπτόμενος, ἀλλὰ νήφων ὥσπερ ἀεὶ δεδειπνηκὼς ἐν τοῖς φιδιτίοις, παρεισελθὼν

ἔλυε τὴν ζώνην καὶ μετήνεγκεν ἀράμενος ἐπὶ τὴν κλίνην. 7 Συνδιατρίψας δὲ χρόνον οὐ πολύν, ἀπῄει κοσμίως οὗπερ εἰώθει τὸ πρότερον καθευδήσων μετὰ τῶν ἄλλων νέων (Plut. *Lic.* 15, 5-7).

> – A jovem raptada era entregue a uma mulher chamada *ninfêutria*, que lhe raspava os cabelos, travestia-a com um manto e sandálias masculinas deitava-a sozinha num enxergão, sem luz alguma. O noivo, sóbrio e com toda a vitalidade, tendo feito como sempre uma refeição frugal entre os seus companheiros, ia ter com ela. Desatava--lhe o cinto[21] e, tomando-a nos braços, conduzia-a para o leito. Após algum tempo, breve por sinal, retirava-se discretamente e, conforme o costume, ia dormir entre os camaradas.

Observe-se, de início, a "alta consideração" pela jovem esposa: na noite de núpcias o marido passava com ela talvez o tempo bastante para *torná-la mulher*. Mais adiante veremos a "finalidade" da esposa na pólis de Licurgo. Igualmente, em *Mitologia Grega*, vol. I, cap. VI, p. 112-114, ao discorrer sobre o rapto da noiva como ritual de iniciação e citando o Dr. Joseph Henderson, aludimos ao complexo de castração. Vejamos de novo uma parte do que diz o psiquiatra norte-americano, para melhor entendimento do rapto da noiva, que aliás, no arcaizante casamento espartano, é propriamente um rapto que se processa duas vezes. "O casamento," escreve Henderson, "pode considerar-se um rito de iniciação em que o homem e a mulher se submetem mutuamente. Todavia, em

---

21. Cinto em grego é κεστός, que, do latim *cestus*, -i, ou *cestos*, originou o nosso cesto (c), "cinto, particularmente o cinto de Vênus". Este vocábulo não deve ser confundido com seu homógrafo heterofônico *cesto* (e), "cesta pequena", derivado de *cesta*, "utensílio de palha ou vime", que provém do grego κίστη, nem com seu homógrafo homofônico *cesto* (c), "manopla feita com correia de couro guarnecida de ferro ou chumbo, usada no pugilato", por sua vez provindo do latim *caestus*, -us.

algumas sociedades o homem compensa sua submissão (o medo do fracasso no ato do defloramento, o complexo de castração), raptando ritualmente a noiva [...]. Hoje em dia existe uma reminiscência dessa prática no fato de o noivo transpor a soleira da porta com a noiva nos braços".

Pelo supracitado texto de Plutarco, o rapto da noiva é duplamente praticado: primeiro, da casa da família; e segundo, do esconderijo em que a colocou a νυμφεύτρια. Mas não é só: transporta-a em seus braços para o leito nupcial. Está mais do que compensado o complexo e afirmado o machismo esparciata!

Prossegue o Dr. Henderson: "...independentemente do medo neurótico de que mães ou pais estejam espreitando através do véu do matrimônio, até mesmo um jovem normal pode se sentir apreensivo com o rito do matrimônio. O casamento e em essência um rito de iniciação da mulher, em que o homem há de sentir-se tudo, menos um herói conquistador. Por isso mesmo não surpreende que se encontrem em sociedades tribais (e também em Esparta!) ritos compensadores de semelhante temor, como o rapto ou a violação da noiva"[22].

Mas algo de muito estranho ocorria no casamento espartano: a νυμφεύτρια cortava os cabelos da jovem e a travestia, *com trajes e calçado masculinos,* conforme realça Plutarco. Que significaria isto?

Segundo a interpretação do psiquiatra e amigo Dr. Walter Boechat, no travestismo da noiva pode-se detectar a *umbra,* a sombra do noivo. Tomando-a nos braços e deflorando-a, ele supera o próprio medo, operando o resgate da *anima* projetada na νυμφεύτρια, símbolo da Grande Mãe. Realiza-se destarte a *coniunctio,* a conjunção da anima do marido com o *animus* da esposa.

---

22. JUNG, C. G. *et al. Man and his symbols.* Londres: Aldus, 1964. p. 134.

Apenas a título de complementação, talvez fosse oportuno focalizar mais algumas ideias acerca do travestismo. Na Hélade, do mesmo modo que noutras culturas, este era um rito tanto do homem que se vestia ocasionalmente de mulher (vejam-se Aquiles, Héracles, Teseu, Tirésias e os jovens que em Atenas transportavam um ramo de videira carregado de uvas nas *Oscofórias*) quanto da mulher que se indumentava de homem (como as Amazonas, Ônfale e as jovens espartanas na noite de núpcias).

Semelhante ritual, diga-se logo, comporta várias interpretações, inclusive a de tratar-se de um *apotropismo*, isto é, de uma defesa de caráter mágico. É correto dizer que em todo e qualquer período crítico (nascimento, casamento, gravidez, parto) era necessário enganar, por meio de disfarces, os gênios maléficos que rondavam as pessoas em tais ocasiões. Semelhante explicação é verídica, mas atende tão somente a um dos ângulos do problema.

Em princípio, o travestismo era um rito de passagem; e se aparecia com mais frequência no casamento, é porque este era o τέλος, o "fecho" por excelência, o momento culminante da iniciação. Dessa forma, suscitando a imagem do andrógino primordial, a troca recíproca de indumento configurava uma síntese do homem e da mulher, uma conjuração *anima-animus*. E como traduzisse a ruptura com um grupo e a agregação a um outro, e estando intimamente vinculado à união sexual, o androginismo simbólico expressava fecundidade e permanência. O travestismo tinha assim um valor positivo e benéfico: cada um dos sexos adquiria com ele as energias do sexo oposto.

Mais tarde, no entanto, obliterando o sentido primitivo, impregnado de religiosidade, o travestismo ou androginismo simbólico descambou para a chacota e a licença. É este, por sinal, o destino comum de outros ritos ligados ao tabu sexual: vencido o temor, o sagrado se dissipa no riso e na chulice. Não é por outra razão que pequenos amuletos, outrora usados para conjurar o "mau-olhado" ou outras influências nefastas, eram ditos γελοῖα, em grego e *ridicula* em latim (do verbo *ridere*, rir, escarnecer), isto é, coisas que convidam ao riso[23].

Basta, aliás, observar o nosso rico travestismo carnavalesco para concluir que o numinoso foi transformado em profano e o *sagrado* se fez γελοῖον e *ridiculum*.

Carl Gustav Jung sintetizou com precisão o androginismo simbólico: "O homem, nos mitos, sempre exprimiu a ideia da coexistência do masculino e do feminino num só corpo. Tais intuições psicológicas se acham projetadas de modo geral na forma da *sizígia* divina, o par divino, ou na ideia da natureza andrógina do Criador"[24].

O cortar os cabelos, um rito iniciático bem conhecido em muitas culturas, tem conexões diversas não apenas com o luto, mas também com o fenômeno religioso da mudança de idade ou de "estado". As jovens gregas, pouco antes do casamento, ofereciam uma mecha de cabelo a um deus, a um herói ou a uma heroína (em Esparta era a cabeleira toda). Em Trezena era o herói Hipólito, conforme a tragédia de Eurípides, *Hipólito Porta-Coroa*, 1425s., quem recebia a oferta de madeixas das noivas πρὸ γάμου (antes do casamento), na expressão de Pausânias, 2, 32, 1. Por ocasião da festa das Hiperbóreas, companheiras de Leto, mortas em Delos, não só os noivos, mas também as noivas, naturalmente πρὸ γάμου, depositavam madeixas junto ao túmulo das heroínas, consoante narra Heródoto, 4, 34. Afinal, qual seria o sentido desse rito iniciático

---

23. DELCOURT, M. *Hermaphroditt.* Mythes et rites de la Bisexualité dans l'Antiquité classique. Paris: Presses Universitaires de France, 1958. p. 24.

24. JUNG, C. G. *Psicologia da religião ocidental e oriental*. Petrópolis: Vozes, 1980. p. 27-28.

e histórico de corte e oferta de cabelos por ocasião da mudança de idade ou de "estado"? Van Gennep chama-o *rito de passagem*, ou mais precisamente rito de separação, de vez que os ritos de separação são todos aqueles em que se corta alguma coisa, como ocorre no ato de raspar a cabeça ou na primeira vez em que se cortam os cabelos. O sentido simbólico mais profundo desse *rito é o de separação*, do indivíduo que se separa do mundo, da vida profana, para penetrar no sagrado. Deixa-se um tipo de vida para galgar outro estágio da existência.

No tocante aos instantes passados com a mulher na noite de núpcias, nada ocorre de extraordinário, dada a educação espartana. Para chegar lá, comecemos pelas futuras mães dos Lacedemônios. Se às jovens de Esparta quase não era dado cultivar o intelecto, sobrava-lhes tempo para os exercícios físicos, que praticavam com afinco, sem distanciamento algum dos adolescentes, conforme nos informa Eurípedes em *Andrômaca*:

> – Σπαρτιατίδων κόρη
> αἳ ξὺν νέοισιν ἐξερημοῦσαι δόμους
> γυμνοῖσι μηροῖς καὶ πέπλοις ἀνειμένοις
> δρόμους παλαίστρας [...]
> ἔχουσιν (*And.* 596-600).

> – Em Esparta, as jovens, desertando a casa paterna, coxas nuas e peplos esvoaçantes, participam com os adolescentes dos exercícios nos estádios e nas palestras.

O poeta lírico Íbico (século VI a.C.), fragmento 61, apelidara as jovens espartanas de φαινομηρίδες, "coxas nuas", exibidoras de coxas, pelo fato de se cobrirem apenas com um curtíssimo peplo, preso ao ombro por fivela e aberto nas costas. Assim indumentadas, praticavam em público uma variedade de esportes. Exercitavam-se na luta, no lançamento do disco e do dardo, que era arma de guerra. Consoante o mesmo autor, o legislador Licurgo, para abolir as blandicias de uma educação caseira e excessivamente frouxa como a ateniense, habituou os jovens de ambos os sexos a comparecerem nus às procissões; as adolescentes, nas cerimônias religiosas, cantavam e dançavam despidas na presença dos rapazes. Liberação sexual? Liberação feminina? Nem uma coisa nem outra toda essa aparente liberdade visava a preparar "mães de família, robustas e vigorosas, de tempera varonil" e que pudessem dar a Esparta filhos sadios e perfeitos, para serem perpétuos defensores da pólis. Em verdade, a mulher espartana foi vítima de uma cínica máquina genética, um suposto "laboratório eugênico" que viria inspirar experiências posteriores, ainda hoje de triste memória, como a criação de *Juventudes* que se desejavam invencíveis...

O mesmo Licurgo preocupou-se muito com a robustez dos futuros espartanos. Aconselhava, por isso mesmo, em sua legislação, que os jovens casassem na força da idade, entre trinta e cinquenta anos para o homem e vinte e vinte e cinco para a mulher. Mas se ocorresse a um homem de mais idade apaixonar-se por uma jovem (no que agia bem, porquanto o celibatário na Lacônia era severamente punido), a lei, em tese, não proibia o casamento; contudo, obrigava o marido a escolher para a jovem esposa um parceiro vigoroso, que lhe desse filhos saudáveis e prestadios...

Por outro lado, se um espartano não pretendesse casar-se, mas desejasse ter filhos, era-lhe facultado solicitar "por empréstimo" a esposa de outrém, desde que sadia e de boa índole, a fim de gerar filhos seus e desse modo assegurar descendência!

Por essas e outras concessões do legislador, é possível deduzir que também em Esparta a mulher não tinha escolha: unia-se a quem a desejasse, funcionando tão somente qual máquina de procriar filhos robustos, destinados ao serviço da pólis. Vejamos mais de perto esse dispositivo constitucional da Lacônia, cujas leis, educação e costumes o escritor ateniense Xenofonte (430-355 a.C.) tanto admirava e exaltava:

> Εἴ γε μέντοι συμβαίη γεραιῷ νέαν ἔχειν, ὁρῶν τοὺς τηλικούτους φυλάττοντας μάλιστα τὰς γυναῖκας, τἀναντία καὶ τούτῳ ἐνόμισε· τῷ γὰρ πρεσβύτῃ ἐποίησεν, ὁποίου ἀνδρὸς σῶμά τε καὶ ψυχὴν ἀγασθείη, τοῦτον ἐπαγαγομένῳ τεκνοποιήσασθαι.
> Εἰ δέ τις αὖ γυναικὶ μὲν συνοικεῖν μὴ βούλοιτο, τέκνων δὲ ἀξιολόγων ἐπιθυμοίη, καὶ τούτῳ νόμον ἐποίησεν, ἥντινα ἂν εὔτεκνον καὶ γενναίαν ὁρῴη, πείσαντα τὸν ἔχοντα ἐκ ταύτης τεκνοποιεῖσθαι. Καὶ πολλὰ μὲν τοιαῦτα συνεχώρει (Xen. *Rep. Lac.* 1, 45-46).

> – Se, no entanto, acontecer de um homem idoso estar unido a uma jovem, Licurgo, pelo fato de saber que pessoas dessa idade dispensam cuidados excessivos à esposa, legislou contra semelhante abuso: estabeleceu que o ancião escolhesse um homem cujo físico e espírito apreciasse e o conduzisse para junto da mulher, a fim de gerarem filhos. Se, ao revés, um homem não desejasse contrair matrimônio, mas quisesse ter filhos honrados, dispôs o legislador que, encontrando mulher fecunda e de boa índole, requisitasse-a ao marido, para ter filhos com ela. E fez, nesse sentido, outras concessões.

Possivelmente inspirado na legislação espartana, Teógnis de Mégara, antes citado, já comentara em tom irônico (no século VI a.C.) esse "abuso" de que bem mais tarde falaria Xenofonte:

> Οὔ τοι σύμφορόν ἐστι γυνὴ νέα ἀνδρὶ γέροντι·
> οὐ γὰρ πηδαλίῳ πείθεται ὡς ἄκατος,
> οὐδ' ἄγκυραι ἔχουσιν· ἀπορρήξασα δὲ δεσμὰ
> πολλάκις ἐκ νυκτῶν ἄλλον ἔχει λιμένα (*Eleg.* 1, 457-460).
> – Uma mulher jovem não é bom partido para um velho: é como um navio que não obedece ao leme e que a âncora não pode suster. Rompe frequentemente as amarras e, aproveitando-se da noite, demanda outro porto...

O menino espartano, logo ao nascer, era submetido a uma séria avaliação sanitária: se fosse considerado fisicamente perfeito, bem conformado e vigoroso pelos mais velhos do grupo social a que pertencia, passava a ter direito à vida. Caso contrário, era impiedosamente lançado num precipício das vizinhanças do monte Taígeto, abismo a que se dava o nome de Ἀποθῆκαι. *Apotecas*, etimologicamente *depósitos* (Plut. *Lic.* 16, 2).

Para comprovar a têmpera dos recém-nascidos, as mães os lavavam com vinho e não com água, pois

> Λέγεται γὰρ ἐξίστασθαι τὰ ἐπιληπτικὰ καὶ νοσώδη πρὸς τὸν ἄκρατον ἀποσφακελίζοντα (Plut. *Lic.* 16, 3).

> – era voz corrente que a crianças doentias e sujeitas à epilepsia entravam em convulsões ao contato do vinho puro.

Noutras partes da Lacônia testavam-se os recém-nascidos com água gelada ou com urina! Até os sete anos as crianças permaneciam no seio da família, onde eram "treinadas" por amas muito especiais e severas. Ainda segundo Plutarco, acostumavam-nas a ficar nuas o tempo todo, a comer de tudo, a permanecerem sozinhas sem medo das trevas e da solidão, mas sobretudo *a se absterem de caprichos vulgares, a não chorar nem gritar.* Aos oito anos passavam em definitivo para a esfera do estado, "em cujo seio permaneciam até a morte". Submetidas a severo treinamento militar, mal tinham tempo para aprender a ler e escrever. Estudavam um pouco de música, que lhes disciplinava a cadência em marchas e desfiles.

Destarte, a grande pedagogia espartana resumia-se a ensinar a criança a obedecer sem discutir, a falar o estritamente necessário (donde *lacônico, laconismo: Lacônica* é sinônimo de Lacedemônia, cuja capital era Esparta, a suportar pacientemente a fadiga e a perseguir sempre a vitória. À medida que o menino se desenvolvia mais e mais se exigia dele: raspava-se-lhe a cabeça, obrigavam-no a andar nu e descalço em qualquer estação. Aos doze anos, tiravam-lhe a túnica e davam-lhe um só manto para o ano inteiro. Vivendo em comunidade fechada, os futuros esparciatas repousavam em dormitórios coletivos sobre duros enxergões de caniço e raramente se banhavam. Davam-lhe comida grosseira, malfeita e sobretudo insuficiente, para que aprendessem a roubar provisões, o que lhes despertaria a autodefesa, a coragem e a astúcia. Aos dezesseis anos, ao passarem da infância para a adolescência, os jovens espartanos recebiam o pomposo epíteto de Εἰρήν, *genitivo* Εἰρένος Íreno, cujo étimo nos escapa. Durante quatro anos o *Íreno* era submetido às mais rigorosas provações, que iam desde a cruel exigência de resistirem à dor – quando sofriam a flagelação diante do altar de Ártemis Órtia – até uma série de iniciações e cerimônias de caráter mágico. Essas práticas todas são ritos iniciáticos de passagem, bem atestados em culturas primitivas e nas de índole conservadora, como a espartana. De todas as provas a que se sujeitava efebo na Lacônia, a mais séria e violenta era a κρυπτεία, a criptia, "esconderijo". Retirando-se para o campo, onde passava a viver só e escondido, o Íreno teria que matar pelo menos um hilota para fechar seu ciclo iniciático, seu uróboro e afirmar-se em definitivo como homem e autêntico esparciata. Estava, então, pronto para se tornar soldado e a tomar para esposa uma espartana, como ele, rigidamente educada, e por isso mesmo apta a parir espécimes robustos e sadios. E como ambos houvessem sido adestrados em longos jejuns, era natural que a noite de núpcias durasse apenas uns poucos instantes: um espartano haveria de ter continência; Dele exigia-se disciplina e moderação, até mesmo em quarto minguante…

Curioso é que o jovem lacônio, a partir dos doze anos, fosse induzido a escolher um camarada mais velho para lhe servir de exemplo, tutor e paradigma. Entre "amante" e "amado" estabelecia-se logo a mais estreita solidariedade; e dada a vida em comum, no isolamento da caserna, não admirava que fatalmente chegasse ao homossexualismo. Plenamente consentida, a "pederastia bélica" instigava a emulação no momento da luta. Acreditavam que amante e amado, combatendo juntos e em mútua proteção, chegassem aos extremos de bravura e heroísmo. Poderia parecer estranho que nessa "masculinizadíssima" civilização os celibatários fossem severamente punidos. O fato é plenamente explicável: na pólis de Licurgo não se fala de amor, mas de "semeadura"; há que depositar a "semente" para que dela brote o heroísmo ou um espartano sadio! Mas como a semente se desviasse de sua desejada destinação, nesse quadro de extrema rigidez social, política e militar, não seria absurdo admitir-se como uma das causas da decadência e da ruína de Esparta aquela estranha e nefasta ὀλιγανθρωπία, quer dizer, *falta de homens!*

Em Atenas, diga-se a propósito, o homossexualismo jamais foi inteiramente aceito. Nas *Leis*, discorrendo sobre como a ginástica e as refeições em comum (συσσίτια) estimulavam o destemor e o comedimento, Platão adverte para o perigo dos excessos. Levadas ao exagero, aquelas práticas podem provocar sedição, como ocorreu em Mileto, na Beócia e em Túrio:

> καὶ τὰς κατὰ φύσιν περὶ τὰ ἀφροδίσια ἡδονὰς οὐ μόνον ἀνθρώπων ἀλλὰ καὶ θηρίων διεφθαρκέναι (*Leis*, 636 b).

> – e sobretudo perverter os prazeres normais do amor, cuja natureza foi orientada com vistas aos animais não menos que aos homens.

Insistindo no perigo que representava a ginástica (os jovens praticavam-na inteiramente despidos), o filósofo arremata:

ἐννοητέον ὅτι τῇ θηλείᾳ καὶ τῇ τῶν ἀρρένων φύσει εἰς κοινωνίαν ἰούσῃ τῆς γεννήσεως ἡ περὶ ταῦτα ἡδονὴ κατὰ φύσιν ἀποδεδόσθαι δοκεῖ, ἀρρένων δὲ πρὸς ἄρρενας ἢ θηλειῶν πρὸς θηλείας παρὰ φύσιν καὶ τῶν πρώτων τὸ τόλμημ᾽ εἶναι δι᾽ ἀκράτειαν ἡδονῆς (*Leis*, 636 c).

– deve-se levar em consideração que o sexo feminino, como o masculino, parece ter recebido da natureza o prazer do amor quando se unem com o objetivo de procriar, ao passo que as relações de machos com machos ou de fêmeas são obviamente contra a natureza e se originam de uma intemperança no prazer.

Igualmente, o comediógrafo maior da Hélade, Aristófanes, não se cansa, em suas peças, de disparar flechas envenenadas contra os homossexuais. Na comédia *As Nuvens* (1084, 1085, 1089…), por nós traduzida e comentada[25], o genial cômico os batizou de εὐρύπρωκτοι, isto é, *traseiros largos*. Vale a pena transcrever uma ponta do diálogo entre o *Argumento Justo* e o *Argumento Injusto* para se ter uma ideia das classes sociais em que se encontrava, consoante o poeta, a maioria dos εὐρύπρωκτοι:

ΑΔΙΚΟΣ ΛΟΓΟΣ – Φέρε δή μοι φράσον·
συνηγοροῦσιν ἐκ τίνων;

ARGUMENTO INJUSTO – Então responde-me:
Os advogados, onde são recrutados?[26]

ΔΙΚΑΙΟΣ ΛΟΓΟΣ –Ἐξ εὐρυπρώκτων.
ARGUMENTO JUSTO – Entre os traseiros largos.

---

25. ARISTÓFANES. *As Nuvens*. Trad. de J. S. Brandão. Rio de Janeiro: Grifo, 1976.

26. Συνήγορος em grego era o nome que se dava aos defensores no Tribunal dos Heliastas. Embora cada réu devesse defender sua própria causa, quando terminasse seu arrazoado podia requerer que se ouvisse um συνήγορος. Este, mais que uma recapitulação, síntese ou epílogo do que dissera o acusado, costumava fazer um verdadeiro discurso de defesa.

ΑΔΙΚΟΣ ΛΟΓΟΣ – Πείθομαι.
Τί δαί; τραγῳδοῦσ' ἐκ τίνων;

ARGUMENTO INJUSTO – Eu o creio.
Muito bem, e os trágicos, onde
são recrutados?

ΔΙΚΑΙΟΣ ΛΟΓΟΣ –Ἔξ εὐρυπρώκτων.

ARGUMENTO JUSTO – Entre os traseiros largos.

ΑΔΙΚΟΣ ΛΟΓΟΣ – Εὖ λέγεις.
Δημηγοροῦσι δ'ἐκ τίνων;

ARGUMENTO INJUSTO – Respondes acertadamente.
Os oradores, onde são recrutados?

ΔΙΚΑΙΟΣ ΛΟΓΟΣ –Ἔξ εὐρυπρώκτων.

ARGUMENTO JUSTO – Entre os traseiros largos.

ΑΔΙΚΟΣ ΛΟΓΟΣ – Ἆρα δῆτ'
ἔγνωσκας ὡς οὐδὲν λέγεις;
Καὶ τῶν θεατῶν ὁπότεροι
πλείους σκόπει.

ARGUMENTO INJUSTO – Reconheces, finalmente, que só
dizes asneiras?
Examina o que existe em maior número entre os
espectadores.

ΔΙΚΑΙΟΣ ΛΟΓΟΣ – Καὶ δὴ σκοπῶ.

ARGUMENTO JUSTO – Estou examinando.

ΑΔΙΚΟΣ ΛΟΓΟΣ – Τί δῆθ' ὁρᾷς;

ARGUMENTO INJUSTO – Então, o que vês? (Ar. *Nuv.*
1089-1101).

ΔΙΚΑΙΟΣ ΛΟΓΟΣ – Πολὺ πλείονας, νὴ τοὺς θεοὺς,
τοὺς εὐρυπρώκτους· τουτονὶ
γοῦν οἶδ' ἐγὼ κ'ἀκεινονὶ
καὶ τὸν κομήτην τουτονί.

ARGUMENTO JUSTO – A grande maioria, pelos deuses
é composta de traseiros largos. Esse aí, sem dúvida, eu o
conheço; aquele ali também e mais aquele cabeludo ali!

Qualquer investida, no entanto, na cidade de Palas Atená, para punir os homossexuais, esbarrava numa seria atenuante: a "pederastia pedagógica", ou seja, a paixão que unia o ἐραστής ao ἐρώμενος, o amante ao amado, objetivaria tão somente a educação, o aprimoramento intelectual do jovem discípulo... A pederastia tornara-se um hábito tão arraigado, que até o moralista Plutarco, ainda no século I de nossa era, se bem que excelente esposo e pai de numerosos filhos, escreveu páginas sem conta para demonstrar que, apesar de tudo, tanto as jovens quanto os mancebos estavam aptos a despertar as chamas da paixão!

E conclui citando dois trímetros jâmbicos, possivelmente de algum poeta cômico:

Πρὸς θῆλυ νεύει μᾶλλον ἤ ἐκὶ τἄρρενα;

– Qual a tua preferência, as fêmeas ou os machos?

E o interlocutor responde sem pestanejar:

Ὅπου προσῇ τὸ κάλλος, ἀμφιδέξιος (*Erót.* 766 D, 767).

– Quando me deparo com o belo, sou ambidestro...

Prisioneira do gineceu, tendo por companhia as filhas e as escravas e por amor a roca e o tear, ou transformada em máquina sadia e mal lubrificada para gerar filhos robustos, a mulher grega ainda foi obrigada a enfrentar a concorrência do homossexualismo. Genericamente falando, a mulher na Hélade era um ser tão aviltado e desprezível que Platão, falando da ἐνσωμάτωσις e da μετεμψύχωσις[27], ameaça a aqueles que não se distinguirem pela coragem e não atingirem a catarse dialética de se reencarnarem em *mulher*, fato que deve ter atemorizado muitos *homens* e as oprimidas mulheres gregas. Pois, abaixo de mulher, na escala decrescente da μετεμψύχωσις, só mesmo animais ferozes e imundos, aves e peixes! Um bom exemplo encontra-se em Empédocles de Agrigento (séculos VI-V a.C.):

> ἤδη γὰρ ποτ'ἐγὼ γενόμην κοῦρός τε κόρε τε
> θάμνος τ'οἰωνός τε καὶ ἔξαλος ἔλλοπος ἰχθύς (*Frag.* 117 Diels).

> Pois eu já fui um rapaz e uma donzela, fui planta, ave e um peixe mudo do mar.

A este respeito, são ilustrativos dois textos do Timeu:

---

27. Cumpre distinguir, primordialmente, entre ἐνσωμάτωσις, que é a reassunção, pela alma, de um novo corpo humano, e μετεμψύχωσις, *metempsicose*, que é a transmigração da alma para um outro corpo, humano ou animal, ou até mesmo para um vegetal. Na doutrina órfico-pitagórica, base da teoria platônica, tanto a "ensomatose" como a metempsicose são necessariamente postuladas, pois cada nascimento ou renascimento é uma oportunidade a mais para a ψυχή se libertar dos liames do cárcere, que é o σῶμα, o corpo. Ocorre que, sendo a outra vida igualmente um ensejo para a κάθαρσις, a purificação, a ψυχή que da mesma não se aproveitar poderá tomar o corpo de um animal, ou então, como castigo pior, voltar no corpo de uma mulher. *Esta é, com efeito, a ameaça de Platão aos homens covardes ou que viveram mal na passagem por esta vida. Viver mal*, no caso, é não nos havermos aplicado à catarse dialética, quer dizer, ao estudo dos caminhos que nos levam de volta ao mundo das ideias, de onde saiu a faísca de eternidade que anima a matéria, o nosso σῶμα. Acrescente-se que Platão jamais empregou os termos ἐνσωμάτωσις e μετεμψύχωσις, mas sim a expressão δευτέρα γένεσις, "segundo nascimento" (*Timeu*, 42 b-c e 90-e). Os termos "*ensomatose*" e *metempsicose* só irão aparecer muito mais tarde, em autores cristãos, como Porfírio e Clemente de Alexandria.

65

καὶ ὁ μὲν εὖ τὸν προσήκοντα βιούς χρόνον, πάλιν εἰς τὴν τοῦ ξυννόμου πορευθεὶς οἴκησιν ἄστρου, βίον εὐδαίμονα καὶ συνήθη ἕξοι· σφαλεὶς δὲ τούτων εἰς γυναικὸς φύσιν ἐν τῇ δευτέρᾳ γενέσει μεταβαλοῖ· μὴ παυόμενός δὲ ἐν τούτοις ἔτι κακίας, τρόπον ὃν κακύνοιτο, κατὰ τὴν ὁμοιότητα τῆς τοῦ τρόπου γενέσεως εἴς τινα τοιαύτην ἀεὶ μεταβαλοῖ θήρειον φύσιν (*Tim.* 42 b-c).

– Aquele que houver feito bom uso do tempo que lhe foi concedido para viver voltará a habitar o astro que lhe foi destinado e terá existência feliz e semelhante à desse astro; mas aquele que persistir no erro será transformado em mulher em seu segundo nascimento e, se ainda perseverar na iniquidade, a cada novo nascimento será metamorfoseado, consoante sua culpa, num animal a que se assemelhará seus hábitos.

Τῶν γενομένων ἀνδρῶν ὅσοι δειλοὶ καὶ τὸν βίον ἀδίκως διῆλθον, κατὰ λόγον τὸν εἰκότα γυναῖκες μετεφύοντο ἐν τῇ δευτέρᾳ γενέσει (*Tim.* 90 e).

– Dentre os varões, todos aqueles que se mostraram covardes e viveram no erro foram, segundo toda probabilidade, transformados *em mulheres* em seu segundo nascimento.

Feita esta síntese, porque ainda se teria muito a dizer acerca do *status* da mulher grega do século IX a.C. ao século IV a.C., passemos agora a enfocar o mito da "louca Helena", cujo cortejo são a guerra e a discórdia, conforme se expressa em Ésquilo (*Agam.* 685-686).

3
HELENA
NÊMESIS DOS DEUSES

Existem pedaços de Helena por toda a literatura greco-latina e nas obras que tratam de seu mito, inclusive nos dois primeiros volumes de nossa *Mitologia grega*. O trabalho inicial será, por conseguinte, o de recompor-lhe o *corpus* e devolver-lhe os preciosos adornos esquecidos em Cnossos e Troia ou perdidos na odisseia do longo retorno ao lar[28]. Em seguida, faremos um passeio em companhia da linda esposa de Menelau por dezessete séculos de

---

28. As referências básicas da literatura greco-latina a *Helena* são as seguintes: *Il.* III 121, 165, 237; VI, 289ss.; XXIV, 761; *Od.* III, 265; IV, 14, 227, 275sqq; 569; XI, 298; Safo, *Odes*, 1, Frag. 27 D, 1-13; Simônides de Amorgo, *Sátira contra as Mulheres* 115-118; Ésquilo, *Agamêmnon*, 62; 681-809; Heródoto, *Histórias*, 2, 112-120; Eurípedes, *Helena*, passim; *Ifig. em Áulis*, 57sq.; 75; 581; *Orestes*, 57sq; *Electra*, 1280s.; *Troianas* 959s.; *Hécuba*, 239s.; *Andrômaca*, 228; 628; *Ciclope*, 177sqq.; Górgias, *Encômio de Helena*; Aristófanes, *Lisístrata*, 155; Platão, *Fedro*, 243a.sqq.; *República*, 11, 586c; *Leis* 11, 930 c-d; Isócrates, *Encômio de Helena*; Teócrito, *Idílio* 18 (Epitalâmio de Helena); Apolodoro, *Biblioteca*, 3, 10, 6sqq.; 3, 129-131; 11, 1; Cônon, *Narr.* 8, 18; 34; Diodoro Sículo, *Biblioteca Histórica* 4, 63; Plutarco, *Teseu* 31, 2; Partênio de Niceia, *Erótico*, 16; Pausânias, *Descrição da Grécia*, 1, 33, 7sq.; 2, 22, 6; 3, 19, 10sq.; 20, 9; 24, 10; 5, 18, 3; Filóstrato, *Vida de Apolônio*, 4, 16; Ênio, *Ifigênia*, frag. 232-4; Catulo, *Poemas*, 68 b, 87sq.; 101-104; Virgílio, *Eneida*, 1, 651; 2, 601; 10, 92s.; Ovídio, *Heróides*, 16; 17; Higino, *Fábulas*, 77; 78; 79; 81; 118; 249; Luciano de Samósata, *Diálogos dos Mortos*, 6, 1-26; *Diálogos dos Deuses*, 20, 13.

cultura. Como heroína, ela terá através de vitórias e derrotas que completar a sua mandala. Só conseguem fechar o uróboro aqueles que são capazes de aceitar o famoso hemistíquio de Ésquilo, τῷ πάθει μάθος (*Agam.* 177), "sofrer para compreender" e Helena o conseguiu. Vamos, pois, acompanhá-la nessa extensa e difícil caminhada.

Helena, em grego Ἑλένη (Heléne), donde se deveria ter em português *Hélena*; mas por influência de Ἕλληνες (Héllenes), os *helenos*, o *uso*, que é o ábitro e a norma da linguagem (Hor. A. *Poét.* 71-72), falou mais alto que longas e breves. Do ponto de vista etimológico, *Heléne*, consoante Carnoy, proviria de swel, brilhar, como se pode ver pelo grego σέλας, "brilho, luz". *Helena* teria sido, a princípio, "uma deusa luminosa", irmã dos Dioscuros Castor e Pólux, acompanhantes de Aurora, havendo-se tornado posteriormente uma deusa da vegetação. Nenhuma relação etimológica existe, por conseguinte, entre a heroína e Ἕλλην, genitivo Ἕλληνος, *Hélen*, filho de Deucalião e Pirra, ancestral herói epônimo de toda a raça dos *helenos*, pois Hélen, tendo desposado a ninfa "oréada" Orseis, foi pai de três varões ilustres – Doro, Éolo e Xuto –, dos quais procedem miticamente as quatro principais ramificações helênicas: dórios, eólios, jônios e aqueus.

O nascimento de Helena foi cercado de acidentes. Aliás, o nascimento complicado é característica comum a toda a constelação de heróis e heroínas.

Cansados e irritados com a multiplicidade de faltas, mazelas e descomedimentos dos descendentes de Pandora, os deuses, de quando em quando, resolvem espanar a poeira do cosmo e varrê-lo de norte a sul com cataclismos e dilúvios. Uma catarse universal, provocada pelas chamas ou pela água, surte, ao menos temporariamente, efeitos benéficos, quando não para lembrar ao homem que os Imortais ainda existem e que o Grande Pã ainda não morreu! Por vezes é a Mãe-Terra que, sangrando com tantas feridas abertas em todas as direções e fatigada com tantos partos, arrasta-se pesada com o excesso de viventes. Urge uma providência e os deuses dispõem, além da água e do fogo, de um recurso menos drástico para punir os culpados sem liquidar a todos e simultaneamente aliviar as fadigas da Grande Mãe. *Uma guerra* local pode ser tentada mas, se não produzir os efeitos almejados, urge desencadear uma segunda, violenta e catastrófica, que faça tremer dois continentes. A ideia de punir os mortais em função da multiplicidade de suas culpas e de aliviar o mundo do excesso de seres humanos é, no fundo, um "plano cósmico" já perfeitamente detectado em culturas muito anteriores à grega. Nas tábuas assírias e babilônicas, de onde em onde, se veem ordens nesse sentido. Numa delas pode ler-se o seguinte: "Os homens cresceram em demasia". E o deus En-lil interveio: "É sufocante o alarido dos homens" e, cada vez que se constava o fato, seguia-se uma catástrofe cósmica[29].

Os homens da *Idade do Bronze*, já quase na virada para a *Idade dos Heróis*, tornaram-se insuportáveis: exilaram a Δίκη, a Justiça, suprimiram o culto dos deuses e fizeram com que a lança suplantasse o cetro, isto é, que a força e a violência silenciassem a justiça. Zeus aguardou pacientemente que os fios das Queres os enleassem e os lançou no Hades, onde se dissiparam no anonimato da morte. O Olímpico criou então os heróis, a *Idade dos Heróis*, uma "raça mais justa e mais brava, raça divina dos heróis, que se denominam semideuses" (Hes. *Trab.* 158-160). Mas a "raça divina" logo se bipartiu em dois escalões: os que, como os mortais da idade anterior,

---

29. EBELING, E. *Altorientalische Texte zum Alten Testament*. Berlim: H. Gressmann, 1926. p. 201sqq.

se deixaram embriagar pela ὕβρις, pela violência e pelo descomedimento, e os que, como guerreiros, conhecedores de seus limites, aceitaram submeter-se aos ditames da δίκη, conforme nos mostra o grande poeta Ésquilo em sua tragédia *Os Sete contra Tebas*. O pai dos deuses e dos homens fez justiça a ambos os grupos: os primeiros foram tragados, após morte violenta, pelas profundezas do Hades, onde, da mesma forma que os homens da *Idade do Bronze*, se transformaram em mortos anônimos e os segundos foram premiados com a *Ilha dos Bem-Aventurados*. E surgiu a escória dos mortais: a *Idade do Ferro*. Foi um castigo de Zeus, que enviou aos homens o grande flagelo denominado Pandora, de cuja caixinha ou jarra manaram todas as desgraças que afligem o mundo. E esta idade seria ainda prolongada por criaturas piores, inimigas dos imortais e avessas à justiça... Esgotada a sua paciência, que aliás não era infinita, em face dos queixumes da Mãe-Terra, vergada e exaurida pela insana multiplicação dos homens, o senhor do Olimpo resolveu agir e arquitetou um expediente que escarmentasse os arrogantes filhos da *Idade do Ferro* e minorasse as fadigas da Grande Mãe. Já anteriormente Zeus castigara os descendentes de Epimeteu e Pandora com um grande dilúvio; e embora se houvesse tido o cuidado de salvar um casal, Deucalião e Pirra (para que os imortais não ficassem privados dos sacrifícios que lhes eram oferecidos pelos mortais), o repovoamento da terra foi lento e difícil. Como a paciência não fosse um hábito dos deuses, Zeus ideou então um choque armado: desencadeou a *Guerra de Tebas*, a luta sangrenta em que Polinice, aliado a seu sogro Adrasto e a outros heróis famosos, investiu contra Tebas, onde reinava o irmão Etéocles. A grande carnificina se deveu à disputa entre os dois filhos de Édipo pela posse do antigo reino de Cadmo. Esta guerra, imortalizada por Ésquilo na tragédia *Os Sete contra Tebas*, no entanto, não produziu os efeitos desejados. Zeus excogitou então nova estratégia: faria perecer num vasto aluvião o maior número possível de criaturas humanas. Têmis, segunda esposa do rei do Olimpo e divindade das leis eternas, da justiça emanada dos deuses, ou então, segundo outra tradição, Μῶμος, Momo, o "Sarcasmo", urdiram outro plano. O pai dos deuses e dos homens daria a mão da nereida Tétis a um herói, daí nascendo Aquiles, o mais arrebatado entre os heróis, e Zeus engendraria uma filha, *Helena*, para suscitar a discórdia entre a Ásia e a Europa e provocar a Guerra de Troia. Tantos seriam mortos em dez anos de lutas, que forçosamente o desejado equilíbrio demográfico haveria de se reestabelecer: Helena seria o pretexto para deflagrar o conflito e Aquiles agiria...

Eurípedes, em sua tragédia *Helena*, participa igualmente dessa ideia de minorar a sobrecarga da Mãe-Terra, recorrendo à Guerra de Troia, cujos protagonistas seriam Helena e Aquiles:

> ... ... Τὰ δ᾽ αὖ Διὸς
> βουλεύματ᾽ ἄλλα τοῖσδε συμβαίνει κακοῖς·
> πόλεμον γὰρ εἰσήνεγκεν Ἑλλήνων χθονὶ
> καὶ Φρυξὶ δυστήνοισιν, ὡς ὄχλου βροτῶν
> πλήθους τε κουφίσειε μητέρα χθόνα
> γνωτόν τε θείη τὸν κράτιστον Ἑλλάδος (*Hel.* 36-41).

> – Além do mais, a estes infortúnios acrescentaram-se outros desígnios de Zeus: a eclosão da guerra entre os helenos e os desventurados troianos, a fim de aliviar a Mãe-Terra de uma pletora impertinente de mortais e enaltecer o mais destemido dos gregos.

Com grande pompa e a presença de quase todos os deuses celebraram-se no monte Pélion as núpcias de Tétis e Peleu, de que nasceria o ínclito Aquiles, o flagelo de Ílion. Foi durante essas bodas que Ἔρις, a Discórdia, certamente instada a não comparecer, deixou cair entre os ilustres convivas a maçã de ouro, o *pomo da discórdia*, destinado *à mais bela* dentre as três deusas então presentes: Hera, Atená e Afrodite. Levantou-se de imediato uma grave disputa entre as imortais. Nenhum dos deuses se atrevendo a assumir a responsabilidade por tão difícil escolha, Zeus encarregou Hermes de conduzir as querelantes ao monte Ida, na Ásia Menor, onde a mais bela seria apontada pelo mais belo dos mortais, o "pastor" Páris ou Alexandre, que pouco depois, graças a uma proeza singular seria reconhecido como filho outrora exposto de Príamo e de Hécuba e voltaria a ocupar o lugar que de direito era seu no palácio real de Troia. Deixemos por enquanto Páris ocupado com o longo e penoso julgamento das três imortais do Olimpo e voltemos ao cumprimento da segunda parte da sugestão de Têmis ou de Momo. Segundo o início dos Κύπρια, dos Contos Cíprios, Zeus apaixonou-se por Nêmesis. Esta, para fugir-lhe à tenaz perseguição, percorreu terras, mares e céus, assumindo todas as formas possíveis, até mesmo a de peixe. Já cansada, metamorfoseou-se em gansa, ave do mundo palustre primordial. Zeus, transformado em cisne, uniu-se a ela, segundo uns, no *ar*; ou em *terra*, segundo outros, mais precisamente em Ramnunte, perto de Maratona, na Ática. Mais uma vez repete-se aqui o tema da "fuga mágica", com o consequente rapto da esposa. Por força dessa união sagrada, Nêmesis pôs um *ovo* que foi escondido num *bosque*: era "a semente depositada no seio da terra". O ovo, encontrado por um pastor, foi entregue a Leda, consorte de Tíndaro. A princesa o guardou num *cesto* e no devido tempo nasceu *Helena*, para os homens a mais bela das mulheres e o mais grave dos destinos. A tradição que faz de Leda mãe de Helena, metamorfoseada também em gansa, acrescenta que Zeus, igualmente sob a forma de uma ave – um cisne – fê-la por um ovo, do qual nasceu Helena.

Segundo uma outra versão, foram dois ovos: de um nasceram Helena e Pólux, imortais; do outro, Castor e Clitemnestra, mortais.

Consoante Leo Frobenius, citado por Kerenyi, esse tipo de mito (em que heróis assumem a forma masculina da heroína disfarçada em ave aquática) e de abrangência universal; surgindo em toda Europa, no Oriente Médio, na Ásia Central, em partes da Índia e a África e até mesmo, em traços bem nítidos, na América do Norte[30], sendo indiferente que na Grécia os protagonistas se chamem Zeus e Nêmesis.

Na realidade, o casamento de Têtis e Peleu (cujo objetivo é provocar a discórdia entre as deusas e fazer nascer Aquiles) e a união de Zeus com Nêmesis (da qual nasce Helena) tem o sentido de duas faces de uma única moeda: ambos, *Aquiles* e *Helena*, são instrumentos da justiça divina.

A ideia da *Guerra de Troia* para castigar e aliviar o cosmo, conforme se disse, foi de *Têmis* ou de *Momo* (que é irmão de Nêmesis); ora, Têmis, em grego θέμις (do verbo τιθέναι, "estabelecer como norma a lei divina ou moral, a justiça" é a deusa das leis eternas, e, por conseguinte, a representante da ordem sobrenatural. *Nêmesis*, Νέμεσις (do verbo νέμειν, "distribuir") é a justiça distributiva, daí a indignação pela injustiça praticada, a punição divina. E *Momo*, seu irmão, e seu representante masculino, donde ser lícito concluir que, sendo Têmis o ordenante cósmico e Nêmesis a ordenação natural, esta renasce em *Helena*, que é instrumento da punição divina. Neste sentido poder-se-ia dizer que *Helena* é a *nova Pandora*. Por outro lado, se *Leda*, conforme insinua Kerényi, corresponde foneticamente a lada, palavra asiática que significa "senhora, dona, a punidora primordial", seria possível identificá-la com Nêmesis,

---

30. KERÉNYI, K. *Miti e Misteri*. Turim: Boringhieri, 1979. p. 35-36.

tornando-se *Nêmesis-Leda* a mãe de Helena[31]. O fato de Leda surgir como simples mortal se explicaria por uma acomodação do mito ao consolidado mundo homérico e hesiódico, mundo em que não mais se admite o arbítrio primordial. A "maternidade" de Leda como simples mortal ou como guardiã de ovos que germinariam os dois pares de gêmeos, mas sobretudo a *Helena-Nêmesis* surgiria como disfarce da grande justiceira gerada por Zeus. Assim, Helena traduziria uma só personalidade, em que se condensa a compensação cósmica e a deusa primordial da νέμεσις. É bem possível que, em bem menor escala, se pudesse igualmente falar de *Clitemnestra* como símbolo da vingança contra o despotismo e o arbítrio masculinos, sintetizados na personalidade de Agamêmnon.

Nêmesis, *Leda*, *Pandora*, *Helena*, *Clitemnestra*, ou que nome tenha, o que importa, como agudamente percebeu Kerényi, é que existe um nexo entre mulher e punição; e que a feminilidade, quando concebida em seu aspecto biológico e numa só unidade com o mundo dos animais, parece traduzir uma experiência primordial, onde sempre fermenta algo de ameaçador e inexorável.

Pela *Ilíada* se sabe que Helena é filha de Zeus, mas acerca de sua mãe nada se diz. Talvez pudesse ser Nêmesis, já que a Guerra de Troia foi considerada pelos aqueus como uma expedição para vingar o rapto de Helena, fato este jamais negado por Homero. Na primeira vez em que a filha de Zeus aparece no poema (*Il.* III, 141ss.), coberta com um longo véu branco e acompanhada por duas escravas, acontece algo de muito significativo. Saudosa de Menelau e com os olhos rasos de lágrimas, encaminha-se para as portas *Ceias*, onde o rei Príamo está reunido em conselho com os mais sábios e provectos troianos. Ao vê-la subindo a muralha, os anciãos sustam a respiração e começam a murmurar entre si:

---

31. KERÉNYI, K. *Miti e Misteri*. Turim: Boringhieri, 1979. p. 36.

Οὐ νέμεσις Τρῶας καὶ ἐϋκνήμιδας Ἀχαιοὺς
τοιῇδ᾽ ἀμφὶ γυναικὶ πολὺν χρόνον ἄλγεα πάσχειν·
αἰνῶς ἀθανάτῃσι θεῇς εἰς ὦπα ἔοικεν (*Il.* III, 156-158).

– Não, não é uma *nêmesis* ("uma punição") que troianos e aqueus de belas grevas sofram tantas desgraças, há tanto tempo, por semelhante mulher… Quando vista de perto ela se assemelha terrivelmente às deusas imortais…

Tão bela quanto as deusas imortais (deusa, aliás, também ela!), Helena era realmente Νέμεσις., uma formidável Nêmesis!

Troianos e aqueus lutavam por Helena, a Nêmesis que os punia…

Não há dúvida de que a *Ilíada* é um gigantesco cujo herói é Aquiles e cuja heroína é Helena: *anima* e *animus* conjugados para punição dos mortais. Não é em vão que, concluídas as suas tarefas na terra, Aquiles e Helena, numa belíssima variante do mito, se uniram para-sempre na Ilha dos Bem-Aventurados.

Por enquanto Helena, Castor e Pólux são filhos de Leda-Nêmesis e têm por "pai humano" a Tíndaro, rei de Espana, e por *godfather*, por "padrinho divino", a Zeus.

É tempo, no entanto, de voltarmos ao Juízo de Páris.

Vendo as deusas olímpicas em companhia de Hermes, Alexandre quis fugir, mas o deus psicopompo o persuadiu a funcionar como arbitro, em nome da vontade de Zeus. As três imortais expuseram seus argumentos e defenderam com ardor as respectivas posições, prometendo-lhe cada uma, se vitoriosa, a sua proteção e o benefício de seus dons particulares. Hera ofereceu-lhe o império da Ásia; Atena acenou-lhe com a sabedoria e a vitória em todos os combates; e Afrodite assegurou-lhe tão somente o amor da mulher mais bela do mundo: Helena, esposa de Menelau, rainha de Esparta. Alexandre decidiu-se por Afrodite, que assim recebeu o cobiçado pomo da discórdia.

Páris, pouco depois reconhecido como filho legítimo do rei de Troia, e agora famoso por ter arbitrado uma questão entre as três maiores deusas do Olimpo, resolveu cobrar a promessa que lhe fizera Afrodite. Da fortaleza de Ílion, em companhia de Eneias, príncipe troiano e filho da deusa do amor, um parceiro que é a projeção da própria Afrodite. Páris saiu em busca de Helena. Cassandra e Heleno, igualmente filhos de Príamo e dotados ambos da divina μαντεία, do poder divinatório, previram um desfecho trágico da aventura, mas não foram ouvidos nem ninguém lhes deu crédito.

Como a viagem entre Troia e o reino de Menelau é longa, deixemos por algum tempo os enviados de Afrodite e examinemos muito brevemente o que se passara e o que no momento se passava em Esparta.

Climnestra "fora casada" com Agamêmnon, que para tê-la como esposa assassinara-lhe o marido e o filho; e Helena, após seu primeiro rapto por Teseu e Pirítoo e logo depois por Afidno, atingindo a idade núbil, foi logo cercada por um verdadeiro enxame de pretendentes. Os mitógrafos conservaram-lhes os nomes e seu número varia de vinte e nove a noventa e nove. Dos mais famosos heróis da Hélade só não constou, por óbvio, Aquiles, que é afinal, como vimos, o outro lado de Helena. Tíndaro, não sabendo como proceder, ouviu conselhos de Ulisses, exigindo dos pretendentes dois juramentos: que respeitassem a decisão de Helena na escolha do noivo, sem contestar a jovem esposa (o que de certo modo patenteia um certo respeito pela mulher já na época homérica, conforme salientamos), e que socorressem o eleito, se este fosse atacado ou sofresse afronta grave.

Do casamento de Helena com Menelau teria vindo ao mundo apenas urna filha, Hermíona, mas os mitógrafos insistem no nascimento de um filho, Nicóstrato, após ter o casal retornado de

76

Troia. Uma variante da ao menino o nome de Megapentes, que teria nascido, com pleno assentimento de Helena, da união de Menelau com uma escrava, segundo se referiu na primeira parte da presente exposição.

Páris e Eneias, guiados pela bússola de Afrodite, vão ter Peloponeso, onde os tindáridas Castor e Pólux os acolhem com todas as honras devidas. Após alguns dias em Amiclas, foram conduzidos a Esperta. O rei Menelau os recebeu segundo as normas da sagrada hospitalidade e lhes apresentou Helena. Dias depois, tendo sido chamado, às pressas, à ilha de Creta, para assistir aos funerais de seu padrasto Catreu, deixou os príncipes troianos entregues à solicitude de Helena. Bem mais rápido do que se esperava, a rainha cedeu aos reclamos de Alexandre: era jovem, formoso, cercava-o o fausto oriental e tinha a indispensável ajuda da invencível Afrodite. Apaixonada, a *vítima da deusa do amor* reuniu todos os tesouros que pôde e fugiu com o amante, levando vários escravos, inclusive a cativa Etra, mãe de Teseu, a qual fora feita prisioneira pelos Dioscuros quando do resgate de Helena, raptada por Teseu e Pirítoo. Em Esparta, porém, ficou Hermíona, que então contava apenas nove anos.

Recebendo de Iris, a mensageira dos imortais, a notícia de tão grande desgraça, voltou o rei apressadamente a Esparta. Por duas vezes, sem desprezar a companhia do sagaz Ulisses, Menelau visitou em embaixada a fortaleza de Troia, buscando resolver pacificamente o grave problema. Por isso mesmo, apenas pleiteou Helena, os tesouros e os escravos levados pelo casal. Páris, além de se recusar a entregar a amante e os tesouros, tentou secretamente convencer os troianos a matarem o rei de Esparta. Com a negativa de Alexandre e a traição a Menelau, a luta se tornou inevitável: era a guerra, planejada por Zeus a conselho de Têmis-Momo, pelo equi-

líbrio demográfico da terra, uma carnificina executada por Nême-
sis-Helena, para purgar tantas e tantas misérias dos homens, uma
catástrofe em que tantos pereceriam *por causa de Helena*. O gênio
de Homero nos oferece em sua *Ilíada* uma Helena desvinculada de
Nêmesis e vítima de Afrodite, embora a ideia de punição permaneça subjacente. Os anciãos troianos, sem o querer, afirmaram-no,
negando: οὐ νέμεσις *não é uma punição...* Não era possível que
mulher tão bela servisse de instrumento de castigo dos mortais. Os
provectos troianos esqueceram-se de Pandora, nem se lembraram
que Helena carregava a máscara de Afrodite.

3.1 A heroína homérica

Através do mito, da epopeia homérica e da literatura clássica
grega (e em parte da latina), é possível seguir a evolução de Helena, de deusa a heroína e desta a uma simples mulher adúltera e
criminosa, por vezes reabilitada por inconfessáveis desígnios políticos ou por discursos de aparato, cuja finalidade era demonstrar
erudição e alardear a onipotência dialética do λόγος. Tentaremos
destarte fazer um balanço das glórias e das injustiças cometidas
contra mais essa vítima dos imortais, particularmente de Afrodite.

Está no caminho certo o autor de um capítulo precioso sobre
Helena[32], ao defender a ideia (como vimos fazendo, aliás, nos três
primeiros volumes de *Mitologia Grega*), de que o mito deve ser
estudado evolutivamente dentro do universo cultural a que per-
tence. Uma coisa é a Helena de Homero; outra muito diversa, por
exemplo, é a Helena de Eurípedes ou a de Górgias. Tomando por
guia a bússola de Alsina, mas eliminando o que nos parece supér-

---

32. ALSINA, J. *Tragédia, religión y mito entre los griegos*. Barcelona: Ed. Labor,
1971. p. 195sqq.

fluo para nosso ensaio e com acréscimos diversos, nossos ou de outros autores, passemos a esboçar um retrato em largo espectro da *deusa-heroína-mulher Helena*.

Se em Homero a rainha de Esparta é tratada com grande deferência, deve haver uma razão para isso. E o mesmo Alsina quem nos informa; a *Ilíada* e a *Odisseia* não podem ser estudadas como reflexo de uma "nova era", mas sim como "o fecho de um período cultural cuja manifestação artística foi a poesia épica"[33]. No período que se segue a essas duas grandes epopeias, com a poesia lírica, a poesia didática de Hesíodo, a especulação filosófica, a história, a geografia, o teatro e a apoteose do legalismo apolíneo, processa-se uma ruptura entre o pensamento homérico e as novas ideias e os novos ideais que passaram a permear todas as manifestações culturais da Grécia clássica. Nessa nova idade cultural, outro haveria de ser, conforme adiante se verá, o tratamento dispensado à filha dos deuses e dos homens. Mas como os referidos poemas épicos permitem discernir estágios culturais anteriores ao pensamento homérico, será de toda a conveniência iniciarmos o estudo do mito de Helena *ab ouo*, isto é, num retorno às origens.

Definido por esses parâmetros, o mito policromo da tindárida não constitui apenas uma sequência de mitemas e conceitos surgidos no decurso de uma longa evolução cultural: é também uma consequência dessa mesma evolução. Iniciando sua carreira como Grande Mãe cretense (e, por conseguinte, como uma deusa da vegetação, sujeita a raptos rituais) Helena chega a Homero através da civilização creto-micênica como heroína e herdeira da apoteose. Ao depois, converte-se em simples mulher, oscilando entre a fide-

---

33. ALSINA, J. *Tragédia, religión y mito entre los griegos*. Barcelona: Ed. Labor, 1971. p. 203.

lidade e a torpeza, entre Penélope e uma *cadela traidora*, no dizer de Eurípides (*Andr*. 630), uma consumada adúltera, uma espécie de Frineia aristocrática... Apenas a conservadora Esparta e alguns outros locais, em geral laconizados, teimaram em manter-lhe o culto e invocá-la como θεά, como "deusa", isto é, como divindade feminina detentora de todas as prerrogativas dos moradores do Olimpo. Dessa forma, para se ter uma ideia precisa da deusa espartana, comecemos por Creta, a cuja religião dispensamos exaustivo tratamento em nossa *Mitologia Grega* (v. 1, cap. 4, p. 50-66) e examinemos sua influência sobre a religião da Hélade, focalizando o sincretismo greco-micênico, do qual igualmente se falou no capítulo 5 do mesmo volume, sobretudo as p. 70-74.

Citando Persson, Picard e Nilson, diz Alsina que o mito de Helena é de origem cretense. Isto é, que a futura rainha de Esparta é uma Grande Mãe minoica, cuja manifestação no mito e na religião grega se traduz através de nomes diversos, nada importando que a mesma se chame Reia, Hera, Ilítia, Afrodite, Atená, Ariadne, Core... uma vez que Grande Mãe é um arquétipo, como ressaltamos no corpo dos três volumes de nossa *Mitologia Grega*. No sincretismo creto-micênico, todavia, essas divindades foram muitas vezes mascaradas com outras funções, como ocorreu com Reia, Heram Afrodite e Atená. As duas primeiras converteram-se respectivamente em consortes de Crono e Zeus, e Atená a θεὰ παρθένος, transmudou-se em deusa da inteligência. Seu caráter primitivo, que permanece latente, vem logo à tona quando se estudam em profundidade os respectivos mitologemas. Algumas delas, como *Ariadne*, *Helena* e tantas outras, em função de transformações políticas, sociais e culturais, decaíram de seu pedestal de deusas, transformando-se em heroínas, ou foram rebaixadas à condição de princesas ou até mesmo de simples mulheres...

A antiga *deusa Helena* serve de paradigma a esse respeito. Primitivamente ligada à deusa da vegetação e da fertilidade, a tindárida possui características comuns a outras divindades, entre as quais Core e Ariadne, que, exatamente por terem sido deusas da abundância, foram raptadas, fato este que simbolicamente traduz a morte da vegetação. Seu retorno – porque sempre regressam – expressa sua ressurreição. Para que a semente produza bons frutos faz-se mister primeiro escondê-la nas entranhas da terra. Não é isto porventura, *mutatis mutandis*, o que diz a Sagrada Escritura? São João, entre outros, e explícito a esse respeito:

> ἀμὴν ἀμὴν λέγω ὑμῖν, ἐὰν μὴ ὁ κόκκος
> τοῦ σίτου πεσὼν εἰς τὴν γῆν ἀποθάνῃ,
> αὐτὸς μόνος μένει· ἐὰν δὲ ἀποθάνῃ,
> πολὺν καρπὸν φέρει

> (*Jo* 12, 24-25).
> – Em verdade, em verdade vos digo que se o grão de trigo que cai na terra não morrer, fica infecundo; mas, se morrer, produz muito fruto.

Todas elas, por isso mesmo, conservam estreita relação com o culto da δένδρον, da *árvore*, fonte da vida ou da morte! Pausânias (*Descrição da Grécia*, 3, 19, 10) faz referência a um culto de Helena δενδρῖτις ("ligada à árvore") na ilha de Rodes. No *Epitalâmio de Helena*, composto pelo poeta de origem dória, Teócrito (*Idílio*, 18, 28), as jovens espartanas gravam no tronco de um plátano o nome da deusa com a seguinte inscrição: "Σέβευ μ'· Ἑλένας φυτόν εἰμί" (*Ep. Hel.* 48) – "Venera-me, eu sou a árvore de Helena", o que possivelmente atesta um culto de Helena como deusa da árvore em Esparta.

As divindades da vegetação, todavia, estão muito ligadas também às fontes, por ser a água a origem da vida. "Pois bem, as fontes em alguns lugares eram consagradas a Helena"[34]. Em Quios havia

---

34. ALSINA, J. *Tragédia, religión y mito entre los griegos*. Barcelona: Ed. Labor, 1971. p. 198.

uma fonte com seu nome e em Cêncreas, perto de Corinto, encontrava-se um Ἑλένης λουτρόν "um banho de Helena". Além do mais, são bem atestadas as relações desta com Ilítia, outra Grande Mãe cretense, que mais tarde se convertera numa hipóstase de Hera. Deusa pré-helênica dos partos, ou seja, da fecundidade, Ilítia mereceu um templo em Argos, "erguido por Helena", consoante Pausânias (*Descrição da Grécia*, 2, 22, 6).

Sua ligação com Afrodite, outra Grande Mãe, explica-se não apenas pelo que já expusemos, mas ainda pela tentativa de se montar uma etimologia indo-europeia de Ἑλένη, partindo-se de Ϝελένη, que seria uma dissimilação de *Ϝενένη conforme atestaria o latim *Venus, Veneris, uenenum*, "Vênus, de Vênus, veneno", isto é, "filtro"[35].

Como quer que seja, o culto à deusa Helena foi sobremodo difundido na antiguidade clássica. Sua existência foi comprovada até em Atenas, conforme atesta o geógrado Estrabão (*Geog.* 9, 399), bem como em Quios, Trezena e particularmente na Lacônia, nas cidades de Amiclas, Esparta e Terapne.

Deusa ctônia da vegetação, que é "raptada" e que renasce a cada ano, uma Grande Mãe cretense, eis o ponto de partida para um estudo do mito do flagelo de Troia…

Com o sincretismo creto-micênico, Helena recebera outra roupagem.

Do seu mundo indo-europeu, como acentuamos em *Mitologia Grega*, Volume I, cap. V, p. 70, os helenos trouxeram para a Grécia

---

35. É conveniente deixar claro que *uenenum* e *Venus* são etimologicamente aparentados. Com efeito, *uenenum* (como atestam A. Ernout e A. Meillet, *Dictionnaire Étymologique de la Langue Latine*, s. u. *uenenum*) é uma decocção de plantas mágicas, donde seu sentido primeiro de "sortilégio", "filtro", passando depois a significar "veneno", que pode ser bom ou mau"; *uenus, -eris* (e *Venus*) é o "amor físico, o apetite sexual" e, em seguida, "os excitantes do amor, as seduções, os sortilégios, os filtros". Vênus reúne tudo isso: é sortilégio, filtro, sedução, droga, medicamento…

uma religião de caráter essencialmente celeste, urânica, olímpica, com nítido predomínio do elemento masculino, que irá se encontrar com as divindades anatólias de Creta, de caráter ctônio e agrícola, e, portanto, de feição tipicamente feminina. Assim, tem-se de um lado um panteão masculino (*patriarcado*), e de outro um panteão em que as deusas (*matriarcado*) sobre-excedem consideravelmente aos deuses, e em que um arquétipo, a Terra-Mãe, a Grande Mãe (*Reia, Hera, Ilíaia, Core, Ártemis, Arena, Ariadne, Helena* ou que nome tenha...) ocupa o primeiríssimo posto, dispensando a vida sob o tríplice aspecto da fertilidade, fecundidade e eternidade. Desses dois tipos de manifestação religiosa, desse sincretismo, nasceu a religião micênica, naturalmente com influências outras, orientais e particularmente egípcias, muito importantes para os hábitos funerários que hão de enriquecer ainda mais o patrimônio religioso creto-micênico. Diga-se logo que esse encontro do elemento masculino helênico com o feminino minoico há de fazer da religião grega posterior um equilíbrio, um meio-termo muito a gosto da παιδεία helênica, entre o patriarcado e o matriarcado.

Dentre essas Grandes Mães algumas tiveram "culturalmente mais sorte" e se transformaram em divindades do alto, em mães de deuses, como Reia e Hera, consortes respectivamente de Crono e Zeus; Core, raptada, tornou-se Perséfone, rainha do Hades, como esposa de Plutão; outras, renascendo de Zeus, por partenogênese ou não, como Atená e Ártemis, optaram pela virgindade, tornando-se deusas olímpicas ainda mais poderosas e temíveis. Ariadne e Helena, a primeira como neta e a segunda como filha de Zeus, talvez tenham sido as que permaneceram mais autenticamente como reminiscências da Grande Mãe cretense. Basta examinar-lhes os "raptos"[36], de

---

36. Helena foi, na realidade, raptada três vezes: a primeira aos sete anos, por Teseu; a segunda por Afidno e a terceira por Páris ou Alexandre.

cunho ritual, para se chegar a essa conclusão, reforçada pelo caráter de perenidade que sempre lhes foi atribuído e pela imortalidade a que fizeram jus: Ariadne foi metamorfoseada em constelação e Helena escalara o Olimpo e, como filha de Zeus, permanecera imortal, sentada nas profundezas serenas do éter. Essa foi a sentença do deus *ex machina* Apolo no fecho da tragedia euripidiana Orestes:

> Ζηνὸς γὰρ οὖσαν ζῆν νιν ἄφθιτον χρεών·
> Κάστορί τε Πολυδεύκει τ᾽ ἐν αἰθέρος πτυχαῖς
> σύνθακος ἔσται, ναυτίλοις σωτήριος (*Or.* 1635-1637).

> – Porque, filha de Zeus, ela deve viver como imortal, e com Castor e Pólux se sentará nas profundezas do éter, como guardiã da vida dos navegantes.

Talvez pelas próprias circunstâncias de seu "renascimento" no mundo grego, por sua beleza divina e ligação com Afrodite, e mais que tudo, pelas transformações políticas e culturais por que passou a civilização micênica, a Helena deusa-mãe, tendo sido rebaixada à categoria de heroína, caiu nos domínios do mito. Este, através da poesia épica, fez da antiga deusa minoica uma autêntica mulher, embora uma mulher especial, responsável pela Guerra de Troia. Se bem que Homero a denomine com frequência κούρη Διός, filha de Zeus, como se pode ver na Ilíada, III, 426, o epíteto não lhe ressalta a divindade, mas expressa o seu caráter heroico ou é um ressaibo da tradição. O aspecto que mais interessa, todavia, como bem notou Alsina, no juízo emitido por Homero acerca do rapto de Helena, é saber se o poeta a considera culpada ou inocente, isto é, se ela partiu ou não voluntariamente com Alexandre. Tal "problema", diz o citado autor, "tem um interesse especial, não apenas no que diz respeito ao comportamento da 'filha de Zeus' nos dois poemas, mas também porque esta questão se tornou um cavalo-

-de-batalha na época posterior"[37], quando se iniciou uma longa controvérsia entre os detratores e os raros reabilitadores da rainha de Esparta. De Estesícoro, passando pelos trágicos, como veremos, e desaguando em Górgias, Isócrates e Luciano de Samósata, com avanços e recuos, rolaram rios de lama e de pétalas oratórias!

Igualmente, os poetas latinos Quinto Ênio (239-169 a.C.), P. Valério Catulo (cerca de 87-54 a.C.), P. Vergílio Marão (70-19 a.C.) e P. Ovídio Nasão (43 a.C.-17 p.C.), apenas para relembrar maiores, levaram até Roma a Helena dos vates helênicos, ecoando-lhe, no entanto, como se há de mencionar, particularmente o adultério e a responsabilidade pela ruína de Troia.

Para um juízo seguro acerca do julgamento de Homero sobre a esposa de Menelau, há que levar em conta o que Alsina defende como "tratamento catártico das personagens de Homero". Argumentando com Aquiles, o autor conclui com Helena: "trata-se, no caso particular de Aquiles, do progresso moral que se observa neste herói desde sua μῆνις, ira, até a reconciliação final com Príamo". Helena realmente percorreu no mito processo idêntico, mais lento, porém, e até mais sofrido. Uma ἄτη, uma cegueira inicial da razão, sob o impulso de Afrodite, fê-la abandonar o esposo, a filha e a pátria, mas a heroína se recompôs, assumiu a culpa e aceitou (e o desejava) resignada e conscientemente seu dever: o retorno ao lar. Ela própria, refletindo sobre as desgraças que trouxera a gregos e troianos, amaldiçoa seu destino e se julga digna de castigo, como se lê, logo na primeira vez em que aparece no poema. Respondendo a Príamo, que a isenta de qualquer culpa pela guerra, diz a consorte de Menelau:

---

37. ALSINA, J. *Tragédia, religión y mito entre los griegos.* Barcelona: Ed. Labor, 1971. p. 201.

Αἰδοῖός τέ μοί ἐσσι, φίλε ἑκυρέ, δεινός τε·
ὡς ὄφελεν θάνατός μοι ἁδεῖν κακὸς ὁππότε δεῦρο
υἱέι σῷ ἑπόμην, θάλαμον γνωτούς τε λιποῦσα
παῖδά τε τηλυγέτην καὶ ὁμηλικίην ἐρατεινήν (*Il*. III, 172-175).

– Diante de ti, dileto sogro, sinto-me constrangida e temerosa. Antes me tivesse levado a morte cruel do que ter seguido teu filho até aqui, abandonando meu tálamo, meus parentes minha querida filha e minhas amáveis companheiras.

Na *Odisseia*, o processo catártico ainda mais se evidencia na passagem que Helena relata a Telêmaco (então em visita a Esparta em busca do pai) o que ocorrera muitos anos antes, quando Ulisses penetrara furtivamente na cidadela, a fim de preparar o estratagema do famoso cavalo, o lendário "presente de grego":

Ἔνθ᾽ ἄλλαι Τρῳαὶ λίγ᾽ ἐκώκυον· αὐτὰρ ἐμὸν κῆρ
χαῖρ᾽, ἐπεὶ ἤδη μοι κραδίη τέτραπτο νέεσθαι
ἂψ οἴκόνδ᾽· ἄτην δὲ μετέστενον, ἣν Ἀφροδίτη
δῶχ᾽, ὅτε μ᾽ ἤγαγε κεῖσε φίλης ἀπὸ πατρίδος αἴης,
παῖδά τ᾽ ἐμὴν νοσφισσαμένην θάλαμόν τε πόσιν τε,
οὔ τευ δευόμενον, οὔτ᾽ ἄρ φρένας οὔτε τι εἶδος (*Od*. IV, 259-264).

Nesse tempo, enquanto outras mulheres troianas lamentavam-se em altas vozes, meu peito, no entanto, se alegrava, pois meu coração já se inclinara a voltar para casa, e lamentava a loucura-em mim provocada por Afrodite, quando para lá me arrastou de minha terra pátria, deixando minha filha, meu tálamo, meu esposo, que não é inferior a ninguém, quer no espírito, quer na beleza.

A catarse da heroína atinge o clímax quando ela, saudosa da pátria e do marido, enxerga afinal que Páris é tão somente beleza e sensualidade. O arguto Jean Giraudoux (1882-1944) em sua peça *La guerre de Troie n'aura pas lieu* (Paris. Grasset, 1935), percebendo o caráter efêmero da ligação entre Alexandre e Helena, apoiada unicamente na atração carnal, lembrou que esse tipo de amor é capaz de engendrar as mais funestas consequências, assim para os protagonistas como para os demais que os cerquem.

Já que veio a Troia para provocar tantos horrores, por que Helena ao menos não se ligou a um bravo, a um herói? E é exatamente isto que ela diz a Heitor, que, deixando o campo de batalha, fora ao palácio de Páris para "convidá-lo" a retomar a luta por ele mesmo provocada.

Helena se desabafa com o magnânimo Heitor:

> Αὐτὰρ ἐπεὶ τάδε γ᾽ ὧδε θεοὶ κακὰ τεκμήραντο,
> ἀνδρὸς ἔπειτ᾽ ὤφελλον ἀμείνονος εἶναι ἄκοιτις,
> ὃς ᾔδη νέμεσίν τε καὶ αἴσχεα πόλλ᾽ ἀνθρώπων·
> τούτῳ δ᾽ οὔτ᾽ ἄρ νῦν φρένες ἔμπεδοι οὔτ᾽ ἄρ᾽ ὀπίσσω
> ἔσσονται· τῷ καί μιν ἐπαυρήσεσθαι ὀίω. (*Il.* VI, 349-353).

> – Se os deuses, todavia, nos reservaram estes horrores, por que, ao menos, não sou mulher de um homem destemido, capaz de sentir a repulsa e as múltiplas injúrias dos homens? Páris, no entanto, não tem persistência alguma e jamais a terá. E creio que, em breve, ele verá as consequências…

Desgastada com a covardia do amante, reflexo evidente de seu arrependimento e de uma relação que para ela não tinha mais qualquer sentido, a heroína chega mesmo a desacatar a temível Afrodite. Numa cena inédita entre uma "simples mulher" e uma deusa que não fazia concessões quando se tratasse de amor, Helena enfrenta com arrogância a mãe de Eros. Convidada por esta a partilhar o leito perfumado de Páris (que acabava de ser salvo pela deusa na luta singular contra Menelau), Helena, com muita dignidade e grande desdém, pergunta a Afrodite por que ela própria não ia deitar-se com ele…

Repitamos o diálogo entre a nobreza de Helena e a determinação de Afrodite:

> Δεῦρ᾽ ἴθ᾽· Ἀλέξανδρός σε καλεῖ οἶκον δὲ νέεσθαι·
> κεῖνος ὅ γ᾽ ἐν θαλάμῳ καὶ δινωτοῖσι λέχεσσι,
> κάλλεί τε στίλβων καὶ εἵμασιν· οὐδέ κε φαίης
> ἀνδρὶ μαχεσσάμενον τόν γ᾽ ἐλθεῖν... (*Il.* III, 390-393).

> – Vem comigo: Alexandre te convida a voltar para casa. Ele está no aposento, sobre seu leito redondo, esplendente em seu belo traje. Não poderias acreditar que ele voltou de um combate singular...

Helena se assusta, mas logo se recompõe, perguntando à deusa se ela com tais acenos não estaria pretendendo levá-la para outras paragens, onde houvesse algum outro favorito seu! E arrematou, entre irônica e irritada:

> Ἧσο παρ᾽ αὐτὸν ἰοῦσα, θεῶν δ᾽ ἀπόεικε κελεύθους,
> μηδ᾽ ἔτι σοῖσι πόδεσσιν ὑποστρέψειας Ὄλυμπον,
> ἀλλ᾽ αἰεὶ περὶ κεῖνον ὀΐζυε καί ἑ φύλασσε,
> εἰς ὅ κέ σ᾽ ἢ ἄλοχον ποιήσεται ἢ ὅ γε δούλην.
> Κεῖσε δ᾽ ἐγὼν οὐκ εἶμι (*Il.* III, 406-410).

> – Vai se deitar com ele. Abandona a companhia dos deuses, deixa de escalar o Olimpo. Aprende a te atormentar por causa dele, vela por ele, até que o mesmo te faça sua esposa ou talvez sua escrava! Não, eu não irei...

Era honradez, talvez repugnância e audácia em demasia. Jamais alguém ousara falar nesse tom à poderosa e vingativa mãe do amor.

Cheia de ódio, responde-lhe a deusa que fala e age no modo imperativo:

> Ἧσο παρ᾽ αὐτὸν ἰοῦσα, θεῶν δ᾽ ἀπόεικε κελεύθους,
> μηδ᾽ ἔτι σοῖσι πόδεσσιν ὑποστρέψειας Ὄλυμπον,
> ἀλλ᾽ αἰεὶ περὶ κεῖνον ὀΐζυε καί ἑ φύλασσε,
> εἰς ὅ κέ σ᾽ ἢ ἄλοχον ποιήσεται ἢ ὅ γε δούλην.
> Κεῖσε δ᾽ ἐγὼν οὐκ εἶμι (*Il.* III, 406-410).

> – Não me provoques, insolente! Cuida que eu não me irrite e te abandone. Meu ódio por ti será medido sobre a afeição que até hoje te dediquei. Despertarei um rancor sinistro entre os dois povos, troianos e dânaos, e pereceras de morte cruel. Assim falou e Helena, a filha de Zeus, teve medo. Cobriu-se com um véu branco, alvinitente, e se foi, sem dizer palavra, sem que nenhuma das troianas o percebesse: a deusa caminhava à sua frente.

De qualquer forma, como salienta Kerényi, a figura homérica de Helena e também simbólica. Com isto não se pretende dizer que ela seja *apenas* simbólica ou que o seja de maneira diversa daquela em que o são as personagens, até mesmo históricas, de todas as grandes obras poéticas de um Shakespeare ou de um Goethe. Ou *Nêmesis* ou *Afrodite*. Eis as duas possibilidades para a beleza feminina: ou permanecer filha de Nêmesis, e com o mais profundo sentido de culpa converter-se em flagelo do mundo (alternativa que Homero rejeita) ou, ao revés (como está na *Ilíada*), servir à imperiosa e indiferente Senhora, decantando-lhe a glória, imune de culpa, como se fora o próprio destino, o destino trágico para os homens mortais[38].

Isto não quer dizer que os troianos não vissem na rainha de Esparta a causa, voluntária ou involuntária – como quer que fosse – do flagelo que sobre eles se abatia. Se por um lado os anciãos, reunidos em conselho com Príamo, suspenderam a respiração ao impacto da formosura de Helena, por outro lado não deixaram de manifestar o desejo de que ela regressasse sem tardar a Esparta:

> ἀλλὰ καὶ ὣς τοίη περ ἐοῦσ' ἐν νηυσὶ νεέσθω,
> μηδ' ἡμῖν τεκέεσσί τ' ὀπίσσω πῆμα λίποιτο (*Il.* III, 459-160).

> – Mas apesar de tudo, embora seja tão bela, que ela embarque de volta, e não se transforme mais tarde num flagelo para nós e para nossos filhos.

---

38. KERÉNYI, K. *Miti e Misteri.* Turim: Boringhieri, 1979. p. 56.

Extremamente afável para com a rainha de Esparta, o grande épico, na *Ilíada* e na *Odisseia*, jamais a acusa frontalmente de haver provocado a Guerra de Troia. A palavra final acerca da "culpabilidade" da esposa de Menelau no julgamento homérico cabe ao velho e venerando soberano de Ílion. No alto das muralhas, junto as portas Ceias, Príamo estava reunido em conselho com os anciãos. Ao ver Helena, disse-lhe com grande ternura:

> Δεῦρο πάροιθ᾽ ἐλθοῦσα φίλον τέκος, ἵζευ ἐμεῖο,
> ὄφρα ἴδῃ πρότερόν τε πόσιν πηούς τε φίλους τε
> οὔ τί μοι αἰτίη ἐσσί θεοί νύ μοι αἴτιοί εἰσιν,
> οἵ μοι ἐφώρμησαν πόλεμον πολύδακρυν Ἀχαιῶν (*Il.* III,
> 162-165).

> – Aproxima-te daqui, minha filha, senta-te diante de mim. Vais rever agora teu primeiro esposo, contraparentes e amigos. Não tens, a meu ver, culpa de coisa alguma: os deuses são a causa de tudo. Eles provocaram a guerra com os aqueus, guerra que é uma fonte de lágrimas.

Em síntese, a Helena mítica, transformada em heroína ou mais precisamente, em autêntica mulher nos poemas homéricos, agiu irrefletidamente sob o impulso de Afrodite, convertendo-se na causadora de sofrimentos sem conta para aqueus e troianos. Tendo, porém, passado por uma longa purgação, por uma experiência heroica, e, por conseguinte, catártica, a filha do rei do Olimpo, por seu arrependimento, tornou-se digna de piedade e de perdão.

Certamente não o perdão de Hesíodo, sempre em guarda contra as descendentes de Pandora. De Helena o poeta camponês fala de raspão. Cantando os heróis, faz ligeira referência àqueles que tombaram em Troia por causa de Helena:

> τοὺς δὲ καὶ ἐν νήεσσιν ὑπὲρ μέγα λαῖτμα θαλάσσης
> ἐς Τροίην ἀγαγὼν Ἑλένης ἕνεκ᾽ ἠυκόμοιο,
> ἔνθ᾽ ἥ τοι τοὺς μὲν θανάτου τέλος ἀμφεκάλυψε (*Trab.*
> 164-166).

– Outros, conduzidos em navios, para além do abismo marinho, para Troia, por causa de Helena de linda cabeleira, lá foram envolvidos pela morte que tudo finaliza. Helena culpada, eis a tácita sentença de Hesíodo!

3.1.1 *A outra Helena: dos trágicos a Isócrates*

Fechando com Homero um período sócio-político-cultural, defrontamos outra realidade. Alsina cita a obra de Fraenkel, *Dichtung und Philosophie des frühen Griechentums* (Poesia e Filosofia da Grécia Antiga), na qual se sustenta que a época subsequente a Homero, "em vez de lhe continuar a poesia e o pensamento com ligeiras alterações, levantou-se contra ele e começou quase que inteiramente de novo"[39].

Não há dúvida de que uma nova mentalidade social, política e cultural brilhou no horizonte da Hélade pós-homérica. Hesíodo baniu O ἀνήρ, o herói homérico de quatro côvados e o substitui ἄνθρωπος, pelo *homo-humus*, o "campônio heroico" que ganha o pão com o suor de seu rosto. A lírica, fazendo o homem voltar-se para dentro de si; o início da especulação filosófica, apontando para o racionalismo; a nova concepção da divindade, sobretudo a órfico-pitagórica, com sua extremada exigência catártica e sua nova e revolucionária escatologia; e, finalmente, o influxo político-religioso do Oráculo de Delfos hão de dar ao mito uma nova indumentária.

Com esse novo estado de coisas, *Helena*, descendo o último degrau da escada de ouro que ligava o Olimpo à terra dos mortais teve seu mito racionalizado e converteu-se em mulher-desejo, em mulher-sexo, quando não em adúltera e *cadela traidora* (Eur.

---

39. ALSINA, J. *Tragédia, religión y mito entre los griegos*. Barcelona: Labor, 1971. p. 203.

And. 630)... É bem verdade, como ainda veremos, que a esposa de Menelau foi objeto de palinódias, retratações, reabilitações e até de panegíricos; mas se as primeiras tiverem caráter político e momentâneo, os encômios não passaram de bem elaborados discursos retóricos.

Um exemplo clássico da racionalização do mito da esposa de Menelau e a variante introduzida por Heródoto (*Histórias*, 2, 113-115), que diz resumidamente o seguinte: Páris, tendo raptado Helena, navegou célere em direção a Troia, mas ventos contrários fizeram-no aportar no Egito. Acusado por seus próprios servidores de haver injuriado Menelau, raptando-lhe a esposa e muitos tesouros, o rei Proteu reteve Helena no Egito, para devolvê-la posteriormente a seu legítimo consorte. A Páris foram concedidos três dias para que deixasse o país, sob pena de ser considerado inimigo. Desse modo, Alexandre chegou sozinho a Ílion e fez-se uma guerra de dez anos, com seu cortejo de morte e destruição, por uma mulher que jamais pisara em Troia...

E agora, em outro clima cultural, passemos a percorrer com Helena uma estrada dificultosa, juncada de insultos, de palinódias oportunistas e de encômios vazios. Iniciaremos com o pouco que nos legaram os poetas líricos a respeito de Helena. Do "hino ao amor" de Safo passaremos aos vitupérios dos trágicos, para concluir com dois discursos de aparato em defesa de Helena, da lavra de Górgias e Isócrates.

Depois, é só iniciar a viagem de regresso, de Troia a Esparta. Mas cumprira primeiramente descer ao Hades, para contemplar aquilo que, segundo o cínico Menipo, restou de Helena: uma caveira, vazia e descarnada...

Quanto ao tratamento dispensado à mulher, os poetas líricos distribuem-se por três grupos: os que a trataram com maior ou menor indiferença (Tirteu, Sólon, Focílides, Baquílides e Píndaro); os que a seu respeito falaram apenas de raspão (Teógnis de Mégara) ou que a satirizaram (Simônides de Amorgo) e, finalmente, os que a elevaram até os astros (Alceu, Safo, Anacreonte). Com relação especificamente a Helena, além de uma alusão cáustica de Simônides, de uma palinódia atribuída a Estesícoro, conforme se verá mais adiante, e de um corajoso elogio por Safo, nada mais disseram de aproveitável os grandes poetas líricos da Hélade, a julgar pelo que chegou até nós.

Muito embora a *Sátira contra as Mulheres* seja de caráter geral, o poeta de Amorgo fecha-a com mordaz alusão à filha de Leda:

> Ζεὺς γὰρ μέγιστον τοῦτ'ἐποίησεν κακόν,
> καὶ δεσμὸν ἀμφέθηκεν ἄρρηκτον πέδης,
> ἔξ οὔτε τοὺς μὲν Ἀΐδης ἐδέξατο
> γυναικὸς εἴνεκ' ἀμφιδηριωμένους (*Sat. Mulh.* 115-118).

> – Zeus criou com efeito este imenso flagelo e a ele nos prendeu com liame indestrutível; o Hades recebeu, por isso mesmo, os que lutaram por causa de uma mulher.

Observe-se, ao menos a título de sobrevivência da indestrutível cultura clássica, que o poeta português do século XV, Jorge de Aguiar, citado em Rebelo Gonçalves, "se referiu no termo de uma sátira 'contra mulheres' à Helena e à guerra troiana"[40].

> Espanha foi já perdida por Letabla hua vez, & a Troya destroyda por males Quelena fez[41].

---

40. GONÇALVES, R. *Filologia e Literatura*. São Paulo: Companhia Editora Nacional, 1937. p. 139.

41. RESENDE, G. *Cancioneiro Geral.* Ed. de Dr. Gonçalves Guimarães. Coimbra: Imprensa da Universidade, 1910. v. II, p. 151 apud GONÇALVES, R. *Filologia e Literatura.* São Paulo: Companhia Editora Nacional, 1937.

Safo, com a liberdade e o arrojo que lhe são característicos quando se trata de servir a Eros, celebra o gesto destemido de Helena, que tudo abandonou por amor de seu amor:

> Οἰ μὲν ἰππήων στρότον, οἰ δὲ πέσδων,
> οἰ δὲ νάων φαῖσ᾽ἐπὶ γᾶν μέλαιναν
> ἔμμεναι κάλλιστον, ἔγω δὲ κῆν ὄτ-
> τω τις ἔραται·
> πάγχυ δ᾽ εὔμαρες σύνετον πόησαι
> πάντι τοῦτ᾽, ἀ γὰρ πόλυ περσκέθοισα
> κάλλος ἀνθρώπων᾽Ελένα τὸν ἄνδρα
> τὸν πανάριστον
> καλλίποισ᾽ ἔβα ᾽ς Τροίαν πλέοισα
> κωὐδὲ παῖδος οὐδὲ φίλων τοκήων
> πάμπαν ἐμνάσθη ἀλλὰ παράγαγ᾽ αὔταν
> πῆλε φίλεισαν
> Κύπρις (Liv. 1, 27 D, 1-13).

> – Uns consideram que as corridas de carros, de infantes ou de navios são o que há de mais belo na face da negra terra. Para *mim,* o que de mais sublime existe é o objeto do amor de cada um. É muito fácil fazer com que todos compreendam esta verdade: Helena, que pode comparar a beleza de tantos homens, escolheu como o mais atraente aquele que destruiria a gloriosa *Troia.* Tendo abandonado a filha e os parentes mais queridos, deixou-se ir, arrastada por Cípris, a fim de amar um homem de terras longínquas…

Mergulhando agora nas obras de dois grandes trágicos atenienses, Ésquilo e Eurípedes, fatalmente concluiremos que é difícil na tragédia salvar até mesmo o εἴδωλον da rainha de Esparta!

Ésquilo, num célebre *Coro* de sua trilogia *Oréstia* insurge-se logo de início e com veemência contra Helena, *dizendo-a nascida para perdição de navios, perdição de homens e ruína de cidades,* para tanto jogando com uma falsa, mas lindíssima invectiva de base etimológica:

Τίς ποτ᾿ ὠνόμαζεν ὧδ᾿
ἐς τὸ πᾶν ἐτητύμως —
μή τις ὅντιν᾿ οὐχ ὁρῶμεν προνοί-
αισι τοῦ πεπρωμένου
γλῶσσαν ἐν τύχᾳ νέμων; —
τὰν δορίγαμβρον ἀμφινει-
χῆ θ᾿ Ἑλέναν; ἐπεὶ πρεπόντως
ἑλένας, ἕλανδρος, ἑλέ-
πτολις (*Agam.* 681-689).

– Quem, pois, se não um ser invisível que na sua presciência, fazendo-nos falar a língua do destino, deu este nome tão verdadeiro àquela que, objeto de contestação, o esposo reclama, lança na mão, esta *Helena* justamente cognominada perdição de navios, perdição de homens, perdição de cidades?[42]

Increpando Alexandre como traidor da *mesa hospitaleira de Zeus* (*Agam.*, 701-703) e ameaçando-o com a ira de Ἄτη, afirma que o raptor levou para o lar dos priâmidas uma *Erínia com seu dote de lágrimas*!

Παρακλίνασ᾿ ἐπέκρανεν
δὲ γάμου πικρὰς τελευτάς,
δύσεδρος καὶ δυσόμιλος
συμένα Πριαμίδαισιν,
πομπᾷ Διὸς Ξενίου,
νυμφόκλαυτος Ἐρινύς (*Agam.* 744-749).

– Helena transformou-se e deu as suas núpcias um desfecho amargo. Hóspede funesta, funesta companheira irrompeu no lar dos priâmidas. Zeus Hospitaleiro conduziu para la esta Erínia com seu dote de lágrimas!

---

42. O grande poeta ateniense joga com o nome próprio Ἑλένα (Helena), como se o mesmo proviesse do infinitivo aoristo segundo ἑλεῖν ("destruir"), formando assim ἑλένας; ("destruição de navios"), ἕλανδρος; ("destruição de homens") e ἑλέπτολις; ("destruição de cidades").

O corifeu fecha os lamentos e as imprecações dos coreutas, afirmando que outrora criticara severamente Agamêmnon por ter arrastado à morte em Ílion tantos heróis, com o fito de reconduzir à Hélade uma *impudica consciente*, θάρσος ἑκούσιον (*Agam.* 803). Aliás, em sua primeira manifestação em cena, o *Coro* diz que em Troia muitos joelhos se dobraram no pó por causa de uma mulher de muitos homens!

> Οὕτω δ᾽ Ἀτρέως παῖδας ὁ κρείσσων
> ἐπ᾽ Ἀλεξάνδρῳ πέμπει Ξένιος
> Ζεὺς, πολυάνορος ἀμφὶ γυναικὸς
> πολλὰ παλαίσματα καὶ γυιοβαρῆ
> γόνατος κονίαισιν ἐρειδομένου (*Agam.* 60-64).

> – Assim o poderoso Zeus Hospitaleiro envia contra Alexandre os dois filhos de Atreu e, por causa de uma mulher de muitos homens, houve inúmeras lutas, membros estraçalhados e joelhos que se dobraram no pó.

O condoreiro Ésquilo envolveu Helena numa perífrase poética e "tragicamente delicada", para não a alcunhar de *hetera*, como se fora uma frineia qualquer!

Eurípedes, seguindo as pegadas dos líricos, principalmente Simônides de Amorgos (século VII a.C.) e Estesícoro (séculos VII-VI a.C.), e fazendo coro com Ésquilo, transformou Helena numa de suas vítimas prediletas.

Já em seu drama satírico *O Ciclope*, encenado possivelmente por volta de 424 a.C., a consorte de Menelau e duramente criticada como mulher que gosta de trocar de marido. O *corifeu*, dialogando com Ulisses, pergunta-lhe se os aqueus haviam destruído a cidadela de Troia e libertado Helena. Em face da resposta positiva do herói, a personagem opina acerca do que se deveria ter feito com a amante de Páris:

XO. – Ἐλάβετε Τροίαν τὴν Ἑλένην τε χειρίαν;
ΟΔ. – Καὶ πάντα γ᾽ οἶκον Πριαμιδῶν ἐπέρσαμεν.
XO. – Οὔκουν, ἐπειδὴ τὴν νεᾶνιν εἵλετε,
ἅπαντες αὐτὴν διεκροτήσατ᾽ ἐν μέρει,
ἐπεί γε πολλοῖς ἥδεται γαμουμένη;
Τὴν προδότιν, ἣ τοὺς θυλάκους τοὺς ποικίλους
περὶ τοῖν σκελοῖν ἰδοῦσα καὶ τὸν χρύσεον
κλῳὸν φοροῦντα περὶ μέσον τὸν αὐχένα
ἐξεπτοήθη, Μενέλεως, ἀνθρώπιον
λῷστον, λιποῦσα. Μηδαμοῦ γένος ποτὲ
φῦναι γυναικῶν ὤφελ᾽ – εἰ μὴ ᾽μοὶ μόνῳ (*Ciclop*. 177-187).

CORIFEU – Tomastes Troia e liberastes Helena?
ULISSES – Destruímos a cidadela inteira de Príamo.
CORIFEU – E, uma vez recuperada a jovem, por que não a possuístes todos, já que ela tanto gosta de trocar de marido? (Sórdida!) Quando viu as calças largas e coloridas que envolviam as pernas do outro e o colar de ouro que lhe rodeava o pescoço perdeu a cabeça e abandonou Menelau, um homenzinho tão bondoso! Oxalá jamais tivesse nascido a raça feminina – a não ser que fosse para mim só!

Em várias de suas tragedias, Eurípedes focaliza direta ou indiretamente a filha de Leda: *Andrômaca* (420 a.C.); *As Troianas* (415 a.C.); *Helena* (412 a.C.) e *Orestes* (408 a.C.). Se a tragédia *Helena* é, na realidade, como acentua Henri Grégoire[43] repetindo a ironia de Aristófanes, uma καινὴ Ἑλένη, "uma nova Helena", uma *Helena diferente* (e ver-se-á por que), as três restantes traçam da rainha de Esparta um retrato mais ou menos idêntico: a Λάκαινα, como era chamada, a lacedemônia, a espartana, jamais andou muito aquém de uma *cadela traidora* (*Andrômaca*, 630). Esta é, *ipsis litteris*, a expressão de Peleu, pai de Aquiles, que incrimina com veemência a conduta de Menelau na tragédia *Andrômaca*. Incapaz de agir como

---

43. GRÉGOIRE, H.; MÉRIDIER, L. *Euripide*: Hélène – Les Phéniciennes. Paris: Les Belles Lettres, 1950. v. 5.

homem em relação a Helena, argumenta Peleu, o rei de Esparta destampa em ridícula fanfarrice perante uma infeliz derrotada, Andrômaca, e uma criança, Molosso, inermes e indefesos:

Ἑλὼν δὲ Τροίαν — εἶμι γὰρ κ'ἀνταῦθά σοι —
οὐκ ἔκτανες γυναῖκα χειρίαν λαβών,
ἀλλ', ὡς ἐσεῖδες μαστόν, ἐκβαλὼν ξίφος
φίλημ' ἐδέξω, προδότιν αἰκάλλων κύνα,
ἥσσων πεφυκὼς Κύπριδος, ὦ κάκιστε σύ (*And.* 627-631).

– Com efeito, senhor de Troia – recordarei contigo esse tempo – não mataste tua mulher, e a tinhas à mão; ao contrário, vendo-lhe os seios desnudos, deixaste cair a espada para receber-lhe o beijo. Acariciaste essa cadela traidora, tu, covardão, vencido de Afrodite!

É bem possível que em três das quatro tragédias citadas, *Andrômaca*[44], *As Troianas*[45], *Orestes*[46], o poeta, como bom ateniense, sintetizasse em Helena e em seu pusilânime consorte Menelau, reis da Lacônia, todo o ódio e desprezo dos cidadãos da pólis de Palas Atená por Esparta, o etemo inimigo. Mais que isto, é bom lembrar que as aludidas peças foram encenadas durante a terrível Guerra

---

44. *Andrômaca*, viúva do herói troiano Heitor; foi feita escrava de Neoptólemo, filho de Aquiles. Dele teve um filho, chamado Molosso. Hermíona, esposa de Neoptólemo, e Menelau, pai de Hermíona, na ausência do filho de Aquiles, planejam assassinar Andrômaca e Molosso. Salva-os Peleu, pai de Aquiles e avô de Neoptólemo, que é morto por Orestes, eterno pretendente à mão de Hermíona!

45. *As Troianas*. Com a queda de Ílion, as mulheres troianas são repartidas entre os heróis vencedores. Narra-se ainda o sacrifício de Políxena, filha de Hécuba, e o assassínio de Astíanax, filho de Heitor e Andrômaca, bem como o incêndio de Troia.

46. *Orestes*. Condenado à morte pelo assassínio de sua mãe Clitemnestra, organiza uma conspiração e logra apoderar-se do palácio real de Argos. Está a ponto de matar Helena e depois Hermíona, filha de Menelau e Helena; mas por intervenção de Apolo, o *deus ex machina* da peça, a rainha de Esparta é salva e arrebatada em apoteose para o Éter. Orestes desposara Hermíona e Pílades a Electra: são ordens de Zeus, executadas por Apolo, o deus de Delfos…

do Peloponeso (432-404 a.C.), o que só fez crescer e multiplicar essa aversão secular. Através de Helena (e Menelau) atacava-se e depreciava-se a odiada Esparta.

Em *Andrômaca*, se Menelau é caricaturado como marido ridículo, fanfarrão e símbolo da grosseria e brutalidade espartanas, Helena é a Λάκαινα, a lacedemônia pervertida e depravada. Páginas atrás examinamos a "liberdade" das jovens espartanas. Vamos agora repetir os versos de Eurípedes, completando-os. A propósito de Helena, "a espartana", diz Peleu:

> Οὐδ᾽ ἂν εἰ βούλοιτό τις
> Σώφρων γένοιτο Σπαρτιατίδων κόρη,
> αἳ ξὺν νέοισιν ἐξερημοῦσαι δόμους
> γυμνοῖσι μηροῖς καὶ πέπλοις ἀνειμένοις
> δρόμους παλαίστρας τ᾽ οὐκ ἀνασχετοὺς ἐμοὶ
> κοινὰς ἔχουσι. Κᾆτα θαυμάζειν χρεὼν
> εἰ μὴ γυναῖκας σώφρονας παιδεύετε; (*And*. 595-601).

– Nenhuma jovem espartana, mesmo que o desejasse, poderia permanecer virtuosa: desertando a casa paterna, coxas nuas e peplos esvoaçantes, participam com os adolescentes dos exercícios nos estádios e palestras, hábitos a meu ver intoleráveis. É necessário, após isso, admirar-se de não formardes esposas honestas?

E quando o mesmo Peleu a qualifica de *cadela traidora* (*Andr*. 630), é a imagem de Esparta que o poeta deseja revelar, começando pela corte da Lacônia.

As Troianas marcam ainda mais a aversão do poeta pela "adúltera rainha" de Esparta. A cativa Hécuba acusa formalmente a amante de seu filho Páris de ter sido a responsável pela ruína de Troia, pelos inúmeros crimes perpetrados pelos aqueus, pelos abomináveis massacres, pela escravidão a que foram reduzidos os troianos, da qual não escaparam a própria Hécuba, Cassandra, Andrômaca e tantas outras. Curioso é que, se na *Ilíada* e em algumas passagens da *Odisseia*, Helena é a primeira a se acusar, na tragédia em pauta ela procura a todo custo defender-se de uma verdadeira saraivada de denúncias graves, partidas sobretudo de Hécuba. Como se se tratasse de um processo real, a alquebrada esposa de Príamo e Andrômaca incriminam violentamente a consorte de Menelau. Esmagada pelo libelo acusatório de Hécuba, Helena se defende, refugiando-se no fatalismo de Eros, como vítima de Afrodite, que fizera do próprio Zeus um escravo. Opondo a esse fatalismo a responsabilidade humana e individual, a rainha de Ílion mostra que a perdição de Helena se deveu à sua própria ἀφροσύνη, à sua "loucura" e incontinência dos sentidos. Contestando com veemência a argumentação de Helena de que fora seduzida e arrastada do palácio de Menelau "por Afrodite em companhia de Páris", Hécuba é categórica:

> Κύπριν δ᾽ ἔλεξας — ταῦτα γὰρ γέλως πολύς —
> ἐλθεῖν ἐμῷ ξὺν παιδὶ Μενέλεω δόμους.
> Οὐκ ἂν μένουσ᾽ ἂν ἥσυχός σ᾽ ἐν οὐρανῷ
> αὐταῖς Ἀμύκλαις ἤγαγεν πρὸς Ἴλιον;
> Ἦν οὑμὸς υἱὸς κάλλος ἐκπρεπέστατος,
> ὁ σὸς δ᾽ ἰδών νιν νοῦς ἐποιήθη Κύπρις·
> τὰ μῶρα γὰρ πάντ᾽ ἐστὶν Ἀφροδίτη βροτοῖς,
> καὶ τοὔνομ᾽ ὀρθῶς ἀφροσύνης ἄρχει θεᾶς (*Troian.* 983-990).

> – Tu nos provocas boa gargalhada, afirmando que Cípris acompanhou meu filho até o palácio de Menelau. Será que, embora permanecendo tranquilamente no céu, ela não poderia transportar-te junto com a cidade inteira de Amiclas até Íllion? Meu filho era de extraordinária beleza: vendo-o, teu espírito se converteu em Cípris... Para os mortais os desatinos impudicos são sempre *Afrodite*. Aliás, o nome da deusa se inicia exatamente com o vocábulo *aphrosýne* (demência)"!

Vencida, a "lacônia" é condenada. O pusilânime e inseguro Menelau é encarregado da execução da sentença, mas ninguém acredita em suas palavras severas, quando ordena a seus servidores que a *arrastem pela cabeleira criminosa* (*Troian.* 880-882). Todos já sabiam que bastaria Helena desnudar o seio, como está em *Andrômaca*, 629, para apaziguar a cólera do esposo enfurecido e obter senão o perdão, ao menos a compreensão marital... Quem não lhe perdoou foi Eurípides, que sete anos depois, isto é, em 408 a.C., organizou na tragédia *Orestes* um segundo julgamento de Helena. Dessa feita, ela foi realmente condenada à morte, mas acabou salva por um *deus ex machina*, como se verá mais adiante.

Toda essa violência euripidiana contra Menelau e a tindárida tem por alvo não apenas os Lacônios, conforme se ressaltou, mas ainda a tradição mítica vigente no século V a.C., com respeito aos reis argivos da época micênica. Na tragédia *As Troianas* a "espartanofobia" euripidiana e ateniense tem uma razão a mais: em 415 a.C., no mesmo mês em que a peça foi encenada, Atenas estava com os nervos à flor da pele. Decretara-se a fatídica Expedição à Sicília, cujo objetivo era punir Siracusa, fiel aliada de Esparta, pela invasão das cidades de regime democrático, leais a Atenas. Eurípedes, mostrando em sua peça os horrores da guerra e a humilhação dos vencidos, funciona como um μάντις, um adivinho, como se a peça *As Troianas* tivesse um sentido profético. E em realidade teve: a derrota ateniense na Sicília, em plena Guerra do Peloponeso, foi o começo do fim...

Em 408 a.C. o poeta levou à cena a tragédia *Orestes*. Era um momento difícil para Atenas, pois o prato da balança da guerra oscilava ora para um ora para outro lado. Eurípedes, condenando claramente os partidários da luta armada (*Or.* 902-906) na pessoa do demagogo ateniense Cleofonte, chefe do partido democrático, não deixa de vergastar a Lacônia militarizada, investindo contra Helena e o inseguro e complacente Menelau. Helena, que sete anos antes fora condenada, mas salva por seu real consorte, teria agora morte certa nas mãos de Orestes, não fosse a intervenção do *deus ex machina* Apolo. Este, por vontade de Zeus, arrebata-a aos céus e convida Menelau a unir-se à outra esposa... Afinal, acrescenta Apolo, nascida de Zeus, a lacônia tem a imortalidade garantida. Helena não pode ser inculpada pela Guerra de Troia, arremata o deus de Delfos, pois os deuses se serviram dessa "extrema beleza" para purgar a terra de uma insolente multidão de mortais.

Eis a parte que mais nos interessa na mensagem de Apolo:

> Ἑλένην μὲν ἣν σὺ διολέσαι πρόθυμος ὢν
> ἥμαρτες, ὀργὴν Μενέλεῳ ποιούμενος,
> ἥδ᾽ ἐστίν, ἣν ὁρᾶτ᾽ (ἐν αἰθέρος πτυχαῖς),
> σεσῳσμένη τε κοὺ θανοῦσα πρὸς σέθεν.
> ἐγώ νιν ἐξέσῳσα κἀπὸ φασγάνου
> τοῦ σοῦ κελευσθεὶς ἥρπασ᾽ ἐκ Διὸς πατρός.
> Ζηνὸς γὰρ οὖσαν ζῆν νιν ἄφθιτον χρεών.
> Κάστορί τε Πολυδεύκει τ᾽ ἐν αἰθέρος πτυχαῖς
> σύνθακος ἔσται, ναυτίλοις σωτήριος.
> Ἄλλην δὲ νύμφην ἐς δόμους κτῆσαι λαβών,
> ἐπεὶ θεοὶ τῷ τῆσδε καλλιστεύματι
> Ἕλληνας εἰς ἓν καὶ Φρύγας συνήγαγον,
> θανάτους τ᾽ ἔθηκαν, ὡς ἀπαντλοῖεν χθονὸς
> ὕβρισμα θνητῶν ἀφθόνου πληρώματος (*Or.* 1629-1642).

– Esta Helena que não pudeste alcançar, quando desejavas ardentemente liquidá-la em tua cólera contra Menelau, ei-la nas profundezas do éter. Está salva: não sucumbiu a teus golpes. Cumprindo ordens de Zeus, seu pai, eu próprio a preservei e livrei de teu gládio. Pois, nascida de Zeus, deve viver imortal e permaneceria ao lado de Castor e Pólux no insondável éter, como penhor de salvação para os navegantes. Leva para teu lar, Menelau, uma outra esposa, porque os deuses se serviram da extrema beleza de Helena para desencadear a guerra entre gregos e troianos. Estes provocaram mortes, a fim de purgar a terra de uma insolente multidão de mortais que a superlotavam.

Consciente ou inconscientemente, Eurípedes estava atestando que Helena era a Nêmesis de Zeus.

A intervenção de Apolo foi muito oportuna, pois a mão de Orestes, empurrada por seu "inconsciente" e companheiro inseparável, Pílades, havia muito estava preparada para o golpe fatal. Ouçamos o incitamento de Pílades a Orestes:

> Εἰ μὲν γὰρ ἐς γυναῖκα σωφρονεστέραν
> ξίφος μεθεῖμεν, δυσκλεὴς ἂν ἦν φόνος·
> νῦν δ᾽ ὑπὲρ ἁπάσης Ἑλλάδος δώσει δίκην,
> ὧν πατέρας ἔκτειν᾽, ὧν δ᾽ ἀπώλεσεν τέκνα,
> νύμφας τ᾽ ἔθηκεν ὀρφανὰς ξυναόρων.
> Ὀλολυγμὸς ἔσται, πῦρ τ᾽ ἀνάψουσιν θεοῖς,
> σοὶ πολλὰ κἀμοὶ κέδν᾽ ἀρώμενοι τυχεῖν,
> κακῆς γυναικὸς οὕνεχ᾽ αἷμ᾽ ἐπράξαμεν (*Or.* 1132-1139).

> – Se nosso punhal se erguesse contra uma mulher honesta, seria um crime abominável. Helena, todavia, pagará pela Grécia inteira, cujos pais matou, cujos filhos fez perecer, cujas mulheres privou de seus maridos. Erguer-se-á um grito de júbilo e as chamas dos altares crepitarão em honra dos deuses. Tu e eu seremos calorosamente felicitados por termos derramado o sangue de uma mulher infame.

Eurípedes e um mestre também no "emprego cômico da ironia trágica"! O que realmente o poeta deseja mostrar é a total inverosimilhança da tradição dórica que premiou com uma súbita apoteose uma condenada à morte. Para o grande trágico, com efeito, a "deusa dos espartanos" era tão somente uma criminosa e adúltera, indigna de uma imortalidade gloriosa e merecedora de morte infamante.

Entre *As Troianas* (415 a.C.) e *Orestes* (408 a.C.), o poeta ateniense intercalou a peça *Helena*. Desta feita não se falará da rainha de Esparta por tabela: ela própria será o assunto da tragédia, o seu protagonista.

Estranha Helena! Após condená-la à morte duas vezes, por ser uma *cadela traidora* e salvá-la ironicamente outras tantas, o grande Eurípedes, apesar de algumas investidas mordazes, resolveu reabilitá-la juntamente com o irresoluto Menelau!

Apresentemos agora a síntese dessa surpreendente obra de arte e, após tentar discernir os motivos que levaram o poeta a compor tão longa palinódia, apontemos brevemente outros defensores de Helena. Em seguida voltaremos ao mito e à literatura e acompanharemos a "deusa espartana" em seu longo retorno ao lar.

Hera, a protetora dos amores legítimos, ferida em sua majestade e orgulho com o julgamento de Páris, fez com que este levasse para Troia não a verdadeira Helena, mas seu εἴδωλον, "seu corpo astral", um simulacro agente e pensante com que viveu apaixonado durante os dez sangrentos anos de luta em Tróada! A verdadeira Helena, a fidelíssima esposa de Menelau, fora por Hermes conduzida à ilha de Faros, no Egito, onde reinava o virtuoso e honrado Proteu, sob cuja proteção passou a viver. Morto o rei de Faros, sobe ao trono seu filho Teoclímeno, que passou a assediar Helena. A filha de Zeus busca então refúgio no túmulo de Proteu. Essa probidade da rainha de Esparta, aliás, era alimentada pela adivinha Teônoe, irmã do rei; esta lhe predissera o retorno de Menelau, que havia sete anos peregrinava, qual Ulisses, no caminho de Troia para o lar, trazendo-lhe o *eídolon* que julgava ser a verdadeira Helena... Mas, eis que, escapando com o εἴδωλον da esposa e com vários de seus companheiros de um terrível naufrágio, o rei de Esparta chega ao Egito. Após esconder o "espectro" e seus nautas, numa profunda caverna, dirige-se, sem o saber, para o palácio de Teoclímeno e, junto ao túmulo de Proteu, depara com a verdadeira Helena. Um mensageiro salva o difícil diálogo entre os consortes, ao anunciar a seu senhor que, tão logo ele se afastara da caverna, "Helena" se revelou um simples *eídolon* e se desvaneceu no éter, tendo antes feito uma solene declaração:

Ὦ ταλαίπωροι Φρύγες
πάντες τ᾽ Ἀχαιοί, δι᾽ ἔμ᾽ ἐπὶ Σκαμανδρίοις
ἀκταῖσινἭρας μηχαναῖς ἐθνῄσκετε,
δοκοῦντεςἙλένην οὐκ ἔχοντ᾽ ἔχειν Πάριν.
Ἐγὼ δ᾽, ἐπειδὴ χρόνον ἔμειν᾽ ὅσον με χρῆν,
τὸ μόρσιμον σώσασα, πατέρ᾽ ἐς οὐρανὸν
ἄπειμι· φήμας δ᾽ ἡ τάλαινα Τυνδαρὶς
ἄλλως κακὰς ἤκουσεν οὐδὲν αἰτία (*Hel*. 608-615).

> – Todos vós, frígios e aqueus, como sois infelizes! As ma-
> quinações de Hera fizeram que, por minha causa, durante
> tantos anos morrêsseis nas margens do Escamandro! Jul-
> gáveis que Páris possuísse uma Helena e ele no entanto
> nunca a teve. Agora, após cumprir durante todo esse tem-
> po o que me foi pelo destino imposto, retorno para junto
> de meu pai, nos altos céus. E a desditosa filha de Tíndaro
> foi injustamente vítima de funesto renome.

Ao grande júbilo do reencontro segue-se um plano minucioso de fuga. Com o silêncio cúmplice de Teônoe, que por amor à
justiça e à deusa Hera promete nada revelar ao irmão, o estratagema urdido alcança pleno êxito. Menelau apresenta-se ao violento
Teoclímeno como arauto de sua própria morte e Helena obtém
permissão para oferecer um "cenotáfio" em alto-mar, um sacrifício
fúnebre à alma do marido, suposta vítima de um naufrágio. O rei
põe à disposição de sua futura esposa (já ficara concertada a união
do rei e de Helena) um navio, vítimas para a oblação e hábeis re-
madores. A fúria de Teoclímeno, ao saber-se enganado pela astúcia
do casal e pela matança de seus nautas é apaziguada pelos *dei ex
machina*, representados pelos Dioscuros, símbolos da paz, da con-
córdia e sobretudo da "vontade dos deuses". Ao ouvir dos imortais
Castor e Pólux o anúncio de que Helena, após a morte, receberia
como recompensa a apoteose, que seria cultuada como deusa, e
que o ínclito Menelau habitaria a *Ilha dos Bem-Aventurados*, Teoclímeno fecha a tragédia com um hino de louvor à *mais corajosa,
casta e digna de todas as mulheres…*

Ὦ παῖδε Λήδας καὶ Διός, τὰ μὲν πάρος
νείκη μεθήσω σφῶν κασιγνήτης πέρι·
ἐγὼ δ᾽ ἀδελφὴν οὐκέτ᾽ ἂν κτάνοιμ᾽ ἐμήν.
Κείνη δ᾽ ἴτω πρὸς οἶκον, εἰ θεοῖς δοκεῖ.
Ἴστον δ᾽ ἀρίστης σωφρονεστάτης θ᾽ ἅμα
γεγῶτ᾽ ἀδελφῆς ὁμογενοῦς ἀφ᾽ αἵματος.
Καὶ χαίρεθ᾽ Ἑλένης οὕνεκ᾽ εὐγενεστάτης
γνώμης, ὃ πολλαῖς ἐν γυναιξὶν οὐκ ἔνι (*Hel*. 1680-1687).

– Ó filhos de Zeus e de Leda, porei termo à ira de que
estava possuído contra vossa irmã e suspenderei a ordem
de morte contra Teônoe. Que Helena retorne ao lar, se esta
é a vontade dos deuses. Quanto a vós, exultai por haver-
des nascido do mesmo sangue que a mais sensata e casta
das irmãs. Alegrai-vos pela nobreza de ânimo de Helena
– dom raro entre as mulheres.

Que juízo fazer da *Helena* de Eurípedes? Como explicar a súbita reviravolta do poeta em relação às suas duas vítimas prediletas
rainha e o rei da Lacônia?

O trágico ateniense, como o seu detrator Aristófanes, sempre foi um pacifista. Ora, à época em que foi encenada a tragédia
em causa, isto é, em 412 a.C., remava profunda consternação em
Atenas, causada pelo desastre da Expedição à Sicília. Buscava-se
a qualquer preço manter os farrapos da fracassada paz de Nícias,
as preciosas tréguas concertadas por este hábil político e general
ateniense entre sua pólis e a belicosa Esparta. Sonhando possivelmente com uma paz definitiva ou ao menos duradoura entre as
duas grandes rivais, Eurípedes colocou-se acima e além de qualquer preconceito de ordem política e pessoal e simplesmente se
converteu num apologista da Lacônia. Um ano mais tarde, em 411
a.C., Aristófanes agiria com as mesmas intenções, com sua *Lisístrata*, a comédia de "sentimento mais elevado, generoso e humano" de
quantas compôs o maior dos comediógrafos.

Dignificando Menelau e cantando a apoteose de Helena, os míticos reis de Esparta, que haviam recebido dos deuses as honras supremas da imortalidade, o trágico ateniense estava cooperando para manter *in bono animo* a irritadiça e marcial cidade de Licurgo. Vale dizer: *Helena* é uma tragédia de inspiração diplomática…

A ideia de converter Helena, adúltera e raptada por Páris, num εἴδωλον, numa sombra vã, e de esconder a verdadeira esposa de Menelau no Egito, trajada de Penélope, fiel e astuciosa, não é original de Eurípedes.

Conta-se que seu autor teria sido, ao que parece, o poeta Estesícoro, que tendo injuriado Helena, em um poema homônimo, ficara cego. Para curar-se, compôs uma *retractatio*, uma retratação. A Helena raptada e levada para Troia era apenas o seu εἴδωλον. Dessa *Palinódia*, de autoria incerta, só nos chegou um fragmento de três versos, conservados por Platão, no *Fedro*:

> Οὐκ ἔστ’ ἔτυμος λόγος οὗτος·
> οὐδ’ ἔβας ἐν νηυσὶν εὐσέλμοις
> οὐδ’ ἵκεο πέργαμα Τροίας (*Fed.* 243 a).

> – Não, não é verídico isto que se diz! Não subiste às naus de bela cobertura nem navegaste em direção à fortaleza de Troia.

De qualquer forma, a ideia de duplicidade da tindárida é anterior a Eurípedes e talvez remonte a Hesíodo, segundo um escólio de Lícofron, *Alexandre*, 822, onde se lê: "Hesíodo foi o primeiro a falar do εἴδωλον a propósito de Helena".

Seja como for, semelhante recurso surtiu um grande efeito. Se o expediente e rigorosamente anti-mítico e anti-trágico, funciona, todavia, de maneira notável como "defesa moral" de Helena.

De *cadela traidora* à *mais casta das mulheres* é um abismo que só mesmo um εἴδωλον poderia preencher! Para maravilhar o inculto espartano, pouco afeito ao sal ateniense, o μηχάνημα, a "astúcia" euripidiana deve ter causado um grande impacto, quando não cômico, ao menos entre o atilado público de Atenas. Mas que a peça seja uma *palinódia* (certamente de caráter político) não padece dúvida, uma vez que na *Ifigênia em Áulis*, encenada postumamente (quando morre Eurípedes em 406 a.C. já se haviam perdido todas as esperanças de paz com Esparta) o poeta volta a fustigar a "deusa" daô. Na *Ilíada*, III, 39 e XIII, 769, Homero forma um coro posto *sui generis* para qualificar o raptor da rainha de Esparta, chamando-o Δύσ-παρις, "funesto Páris"; pois bem, em *Ifigênia em Áulis*, 1316, Eurípedes usa processo idêntico, mas irônico, em relação à raptada, cognominando-a δυσ-ελένα, "funesta Helena".

Em síntese, *Helena* é, a nosso ver, uma peça política em prol da paz, jamais uma defesa da mulher. A καινὴ Ἑλένη, a "nova Helena", como lhe chamou ironicamente Aristófanes (*Tesm.*, 850), é menos uma reabilitação, uma palinódia religiosa, uma mudança de atitude de Eurípides em relação ao mito e a seu ódio a Helena do que uma saudação, um gesto político de boa vontade para com os espartanos e sua "deusa", visto que Helena realmente possuía um culto histórico, como divindade, em Esparta.

Também Górgias e Isócrates saíram em "defesa" de Helena. Górgias de Leontinos, na Sicília, viveu no século V a.C. Mais retor que filósofo, escreveu um Ἑλένης Ἐγχώμιον, um panegírico, um elogio de Helena. Como bom sofista, e capaz, portanto, de transformar o "argumento justo no injusto" e vice-versa (a maneira de Aristófanes em sua divertida comédia *As Nuvens*), Górgias faz um elogio repleto de paradoxos, com prodígios de raciocínio em torno da onipotência do λόγος e da contraditória personalidade de Helena.

Aponta o retor três alternativas para explicar o rapto da mais bela das mulheres: a rainha de Esparta ou foi coagida, ou vencida pelo poder da palavra, ou enfeitiçada pelo amor. No primeiro caso, teria sido levada à força; e como seja impossível resistir ao mais forte, condene-se o raptor e absolva-se a raptada. No segundo, teria sido vencida pelo λόγος, que é um temível δυνάστης, um tirano dotado de ἐνέργεια, uma energia singular, um como que poder de ἔκστασις e de ἐνθουσιασμός, de *êxtase* e de entusiasmo, um déspota capaz de provocar a sístole e a diástole das paixões, que encanta, embriaga, arrebata e escraviza. Finalmente, se Helena foi vítima de Eros, não caberia a ela resistir ao apelo de Alexandre. Ouçamos a palavra de Górgias:

> εἰ οὖν τῷ τοῦ Ἀλεξάνδρου σώματι τὸ τῆς Ἑλένης ὄμμα
> ἡσθὲν προθυμίαν
> καὶ ἅμιλλαν ἔρωτος τῇ ψυχῇ παρέδωκε, τί θαυμαστόν; ὃς
> εἰ μὲν θεὸς (ὢν ἔχει) θεῶν
> θείαν δύναμιν, πῶς ἂν ὁ ἥσσων εἴη τοῦτον ἀπώσασθαι καὶ
> ἀμύνασθαι δυνατός; (*Elog. Hel.*, 19).

> – Com efeito, se o olhar de Helena, posto no físico de Alexandre, fez com que ela sentisse prazer e lhe encheu a alma de desejo e de um impulso de amor, que tem isso de extraordinário? Se Eros é um deus, detentor de força divina, como poderia alguém mais fraco o defrontar e repelir?

Em qualquer das três hipóteses aventadas, nenhuma culpa caberia à rainha de Esparta, e por isso não lhe poderia ser creditado o cortejo de horrores que se seguiu ao fatídico rapto.

O discurso de Górgias, sem embargo de ser uma belíssima peça literária, pouco representa como defesa de Helena, tendo sido escrito mais como um παίγνιον um "divertimento verbal" ou exercício dialético, mais para deleite do autor que para reabilitação da rainha de Esparta. Aliás, é o próprio Górgias quem o diz:

> ἐβουλήθην γράψαι τὸν λόγον Ἑλένης μὲν ἐγκώμιον, ἐμὸν
> δὲ παίγνιον (*Elog. Hel.*, 21).

> – Quis compor este discurso não apenas como um elogio a Helena, mas também como um divertimento para mim.

109

Nas pegadas de Górgias vem o grande orador ateniense Isócrates (436-338 a.C.), com um Ἑλένης Ἐγκώμιον, *Encômio de Helena*, mais sério e sem grandes "fraturas mentais". No fundo, todavia, nada de novo acrescenta ao "julgamento" da rainha de Esparta, dado tratar-se igualmente de um discurso de aparato. É outro exercício dialético ou entretenimento literário, apenas mais um παίγνιον. Mas como o objetivo fosse combater a técnica retórica dos sofistas, o renomado autor do *Panegírico* imprimiu à sua oração um tom sério e judicioso. Na realidade, dos sessenta e seis parágrafos da alocução, nada menos que quarenta e quatro são dedicados mais a generalidades do que propriamente a apreciação dos atos de Helena: fala-se do ensino da retórica, faz-se um panegírico de Teseu, discorre-se sobre o enxame de pretendentes à mão da filha de Zeus, ensaia-se uma defesa de Páris… Para o elogio de Helena, sobram apenas dezoito parágrafos, e assim mesmo de permeio com uma legitimação da atitude dos deuses no conflito entre gregos e troianos. Para Isócrates, era bastante, pois julgava ele que tudo o que ocorreu com a rainha de Esparta se justificaria em função de seu berço, de sua reputação: ἥ καὶ τῷ γένει καὶ τῷ κάλλει καὶ τῇ δόξῃ διήνεγκεν (*Enc. Hel.*, 14) – "ela, que se notabilizou por seu berço, sua beleza e reputação".

Para Isócrates, o mérito maior de Helena foi sua fidelidade a Menelau. No *Encômio*, Zeus, compadecido dos riscos e do sofrimento que a rainha enfrentou em decorrência do rapto, transmuta-lhe a natureza humana em natureza divina, premia também Menelau com a imortalidade, dando a ambos morada eterna na Ilha dos Bem-Aventurados:

> καὶ πάρεδρον εἰς ἅπαντα τὸν αἰῶνα κατεστήσατο (*Enc. Hel.*, 62).

> – e fê-lo seu companheiro para todo o sempre.

Habilmente, abstendo-se de comentar a aquiescência da rainha na questão de seu rapto por Alexandre, o orador deixa claro que o seu objetivo não é justificar o procedimento de Helena, mas sim fazer-lhe tão somente o elogio. Para ele, a conduta da esposa de Menelau não precisa de defesa, pois a filha de Zeus, a única a quem se concedeu o privilégio de chamar de pai o rei do Olimpo, é detentora da beleza,

> ὅ σεμνότατον καὶ τιμιώτατον καὶ θειότατον τῶν ὄντων ἐστίν (*Enc. Hel.*, 54).

> – O mais venerando, o mais precioso, o mais divinal de todos os bens, capaz, por si só, de legitimar as ações humanas...

Poderia parecer estranho o ter Isócrates incluído no *Encónuon* um panegírico de Teseu – o primeiro raptor de Helena – e uma cerrada defesa de Páris. Todavia, encarado do ponto de vista do orador, o fato se esclarece.

Ressuscitando literariamente o rei de Atenas – o autor mítico do συνοικισμός, do célebre *sinecismo*, isto é, a reunião, em uma só pólis, de todos os habitantes até então dispersos pela Ática – Isócrates sonhou com uma Grécia unida contra a barbárie asiática, ainda que para atingir esse objetivo fosse preciso entregar o comando da Hélade a Filipe da Macedônia. Sob esse aspecto, o retor ático inspirou-se mais no patriotismo pan-helênico que no ateniense.

Quanto a Páris, não há o que censurar: como se poderia condenar um homem que, escolhido por Zeus para julgar um concurso de beleza entre deusas imortais, "preferiu a companhia de uma mulher por cuja causa combateram tantos heróis"? (*Enc. Hel.*, 48).

Ademais, o príncipe troiano não teria raptado Helena num repente de luxúria: moveu-o a paixão incontida de que se deixou possuir e o desejo de tornar-se genro de Zeus. O próprio pai dos deuses e dos homens dera o exemplo, quando, vencido de paixão pela beleza de Alcmena, de Dânae e de Nêmesis (ou de Leda), assumiu sucessivamente as formas de Anfitrião – esposo da primeira – de chuva de ouro e de cisne para conquistá-las.

Os imortais tinham uma estima de tal modo elevada pela beleza, que συγγνώμην ἔχουσιν perdoaram as suas esposas o terem sido dominadas pela *beleza* de um mortal (*Enc. Hel.*, 60).

E mais que tudo: o rapto da rainha espartana acabou sendo altamente benéfico, por ter livrado os gregos de uma escravidão que de outra forma os bárbaros lhes haveriam imposto. Graças a Helena, os desregrados aqueus se uniram e sobre as cinzas de Troia pôde καὶ τότε πρῶτον τὴν Εὐρώπην τῆς Ἀσίας τρόπαιον στήσασαν (*Enc. Hel.*, 67)

> – "então a Europa pela vez primeira erguer um troféu no coração da Ásia"…

Pouco sabemos sobre o enfoque que Sófocles teria dado ao mito. De suas duas tragédias (*Lacônicas* e *Reivindicação de Helena*) acerca do assunto restam-nos magros fragmentos. Além do mais, Sófocles tem um espírito bem mais homérico que Ésquilo e Eurípides. Nessas obras nada mais fizera que ressuscitar o encanto de Homero pela rainha de Esparta. Com efeito, se na *Poética*, 3, 1448 a, 21, Aristóteles compara a arte de Sófocles à de Homero; a *Suda*, s.u. Πολεμών, informa que Pólemon dizia ser Homero trágico. Nas Lacônias o tema central era a cooperação da consorte de Menelau na captura do *Paládio, que seria definitivo para a vitória aqueia, e a Reivindicação de Helena* abordaria a embaixada de Menelau e Ulisses a Troia, para reclamar Helena e os tesouros, antes do início das hostilidades. A rainha (*Frag.*, 178 Pearson), tendo reconhecido o marido pelo sotaque, quis retornar com ele a Esparta. Ante a negativa de Páris e seus amigos, Helena teria posto fim à própria vida.

3.1.2 O Longo retorno

Morto Páris por uma flechada de Filoctetes, Helena foi obrigada a unir-se a Deífobo, segundo uma variante. Menelau foi ao encontro do casal e matou o derradeiro amante da esposa. Quando ergueu a espada para golpear Helena, esta se lhe mostrou seminua, fazendo ressurgir no rei de Esparta as chamas de uma paixão jamais extinta. Conta-se ainda que, temendo a ira do esposo, ela se teria refugiado no templo de Afrodite e de lá, após muitas súplicas e explicações, conseguira reconciliar-se com ele. Há, porém, mitógrafos que insistem na tentativa de lapidação da filha de Tíndaro pelos aqueus, inconformados com a sobrevivência da *cadela traidora*. Salvou-a mais uma vez a beleza: no confronto com Helena, as pedras caíram das mãos dos amotinados. Na realidade, as três explicações se reduzem a uma só: a "beleza divina" de Helena era capaz de desarmar qualquer ódio dos mortais, habituados que estavam ao belo em outra dimensão. Desse modo, recuperada a rainha, apressou-se o ruivo Menelau em retornar ao lar, aliás, como todos os chefes aqueus, exceto Agamêmnon, que ainda iria permanecer por alguns dias em Ílion, a fim de alcançar as boas graças da irascível deusa Atená.

O retorno do rei e da rainha de Esparta, agora reconciliados, foi uma odisseia. Passemos a reduzir esse longo percurso às suas linhas essenciais. Os grandes heróis, como Héracles, Perseu, Jasão, Teseu, Édipo (numa das variantes do mito) e Ulisses, passam sempre por uma purgação, qualquer que seja sua idade, no sal de Posídon. Foi assim que os reis de Esparta, após dois anos de peregrinação pelo Mediterrâneo oriental, foram lançados por um naufrágio nas costas do Egito. A longa permanência de cinco anos no país dos "grandes sacerdotes" parece obedecer igualmente a um rito iniciático, porquanto, ao longo da evolução do mito de Helena, a presença da heroína no Egito é uma constante, quer sozinha, quer em companhia de Páris e mais tarde do esposo.

Sendo múltiplas e por vezes desconexas as aventuras do casal no Egito, passemos em revista somente as mais importantes para o mito. Canobo ou Canopo, piloto da nau do rei espartano, morrera picado por uma serpente. Após solenes funerais do fiel servidor, tornado herói epônimo da cidade de Canopo, Helena matou o réptil e extraiu-lhe o veneno. Hospitaleiramente recebidos pelo faraó Ton ou Tônis, não durou muito a cortesia. Numa curta ausência do marido, Helena passa a ser cortejada pelo soberano, que acaba por tentar violentá-la. Menelau, ao retornar, mata-o. Uma outra versão atesta que o rei de Esparta, tendo partido para a Etiópia, confiou a Tônis a esposa; mas Polidamna, mulher do rei egípcio, percebendo o assédio do rei a Helena, enviou-a para a ilha de Faros, fornecendo-lhe, porém, uma erva maravilhosa que a protegeria das inúmeras serpentes que infestavam a ilha. Tal erva[47], por causa de Helena, teria recebido o nome de ἐλένιον.

A passagem dos reis lacônicos pelo Egito explica-se ainda por uma outra versão: saudosa de Menelau, Helena teria convencido o piloto Faros a conduzi-la de Troia para a Lacedemônia, mas uma grande tempestade a faz desviar-se para o Egito, onde o piloto pe-

---

47. *Helênion* é o nome da *ênula*, planta medicinal chamada *Inula Helenium* ou Calamintha incana, por causa de suas flores amarelas. Trata-se, ao que parece, de uma planta que, para os antigos, tinha efeitos apotropaicos, amnésticos e anestésicos. A relação entre ἐλένιον e Ἑλένη devida a etimologia popular, por efeito de assonância; talvez a explicação estaria no ter sido a planta entregue a Helena, como anestésico ou simples amuleto. Na *Odisseia* (v. 4, p. 220sqq.), o *helênion* aparece como um φάρμακον, uma droga poderosa, que mitiga a dor, atenua a cólera e faz esquecer "todos os males". Usando-o, a rainha de Esparta fez com que Telêmaco, em sua passagem pela Lacônia, se esquecesse temporariamente de Ulisses e estancasse as lágrimas.

rece, picado por uma serpente. Helena, após sepultá-lo, deu-lhe o nome à ilha de Faros, na embocadura do rio Nilo.

Mais tarde, terminada a Guerra de Troia, Menelau encontrou-a no Egito.

Segundo o relato de Eurípedes, já apontado na tragédia *Orestes*, Menelau e Helena, antes de chegar a Esparta, passam por Argos, no exato dia em que Orestes matou sua mãe Clitemnestra. Ao ver Helena em meio a um fausto oriental, investiu contra ela, acusando-a de responsável por todas as calamidades acontecidas. A rainha foi salva, conforme se viu, pela intervenção de Apolo, que lhe antecipa a apoteose e a imortalidade, como filha de Zeus. Ao cabo de oito anos de padecimentos, em terra e mar, lograram chegar a Esparta, onde Helena se tornou exemplo de todas as virtudes domésticas.

Uma variante igualmente mencionada mostra-a não sentada nas serenas camadas do Éter, mas casada com Aquiles e vivendo eternamente ditosa na Ilha Branca, na foz do Danúbio, muito embora o gênio de Goethe celebre esse enlace em termos de puras sombras que se unem[48]:

> HELENA – Eu, como sombra, vinculei-me a ele, outra sombra, um sonho foi, dizem-no *as* próprias palavras; Desmaio, e sombra tomo-me eu, para mim mesma (*Fausto*, Terceiro Ato).

Menelau, por sua dedicação e paciência. foi admitido, em recompensa, na Ilha dos Bem-Aventurados.

Mas, nem mesmo após a morte ou gloriosa apoteose, a rainha de Esparta se libertou dos poetas e escritores gregos e latinos! Quinto Ênio (239-169 a.C.), o verdadeiro criador da poesia latina,

---

48. GOETHE, J. W. *Fausto*. Trad. J. K. Segall. Belo Horizonte: ltatiaia, 1981.

num dos fragmentos de sua tragédia *Ifigênia*, fustigou Helena pelos lábios de Aganêmnon num diálogo com seu irmão Menelau. Se Helena é culpada pela Guerra de Troia, pergunta o rei de Micenas, por que há de sacrificar sua filha inocente?

> AGAMÊMNON – *Ego proiector quod tu peccas? Tu delinquis, ego arguor?*
> *Pro malefactis Helena redeat, uirgo pereat innocens?*
> *Tua reconcilietur uxor, mea necetur filia?* (*Iphig*. frag. 232-4).

> AGAMÊMNON – Por causa de teus erros, devo eu ser censurado? Tu cometes delitos e eu sou responsabilizado?
> Apesar de seus crimes, Helena retoma ao lar e uma jovem inocente há de perecer?
> Tu te reconcilias com tua esposa, enquanto minha filha é sacrificada?

Públio Valério Catulo, citado páginas atrás, fez-lhe duas referências, ambas no poema 68 b, 87-90 e 101-104. Na primeira, o poeta de Verona chama Troia de "sepulcro comum da Ásia e da Europa":

> – *Troia (nefas) commune sepulcrum Asiae Europaeque* (68 b, 89).

Ampliando-a logo à frente, lamenta que para Ílion tenha sido arrastada toda a juventude da Hélade, a fim de impedir que Páris usufruísse do amor de uma adúltera:

> *Ad quam tum properans fertur simul undique pubes Graeca*
> *penetralis deseruisse focos,*
> *Nei Paris abducta gauisus libera moecha*
> *Otia pacato degeret in thalamo* (68 b, 101-104).

> Diz-se que, acorrendo ao mesmo tempo e de toda parte, a juventude grega deixou para trás seus lares e penates, a fim de que Páris não usufruísse de uma adúltera por ele raptada e não gozasse de um ócio tranquilo em seu leito.

Públio Vergílio Marão, em uma das suas alusões à consorte de Menelau, chama a ligação de Páris com Helena de *inconcessus hymenaeus*, de "himeneu proibido", isto é, adultério.

Desejando lisonjear a rainha Dido, Eneias manda Acates aos navios buscar Ascânio e presentes salvos das ruínas de Troia. De passagem, o cisne de Mântua aproveita para etiquetar a tindárida de adúltera:

> – *Munera praeterea lliacis erepta ntinis ferre iubet, pallam signis auroque rigentem et circumtextum croceo uelamen acantho, ornatus Argiuae Helenae, quos ilia Mycenis, Pergama cum peteret inconcessosque hymenaeos, extulerat, matris Ledae mirabile donum.*
> (*En.* l,647-652).

> – Ordena que (Acates) traga presentes das alfaias salvas das ruínas de Troia: um manto recamado de relevos e de ouro, um véu debruado de louro acanto, adornos da argiva Helena, oferta preciosa de sua mãe Leda, os quais ela levara de Micenas, quando para um himeneu criminoso partiu para Troia.

Ovídio, o grande confidente e secretário das amantes do século de Augusto, aproveitou-se habilmente do mito do rapto de Helena por Páris e compôs nas *Heroides* duas cartas (16 e 17). A primeira é dirigida pelo príncipe troiano à esposa de Menelau e a segunda é a resposta de Helena. De tal ordem é a desenvoltura com que Páris se dirige a Helena, que até parece já ser grande a intimidade entre ambos, mesmo antes do rapto. Mas nessa "guerra de conquista", o herói troiano não se limitou a confiar no poder de Afrodite. Como bom psicólogo, observou que, ausente Menelau, a melhor lisonja que poderia fazer à filha de Zeus era dizer-lhe:

> – *Ah! nimium simplex Helene, ne rustica dicam, hanc faciem culpa posse carere putas!*
> (Her. 16, 287-288).

– Como és simples, Helena! Diria até ingênua!
Pensas que uma beleza como a tua pode ficar imune a um deslize?

A resposta de Helena, em que Afrodite funciona alegoricamente, é uma entrega: suas negativas, por vezes ambíguas, e seus protestos de fidelidade ao marido têm unicamente por escopo fazer com que se alastrem um pouco mais as chamas que devoram o príncipe troiano:

> *Sed nimium properas et adhuc rua messis in herba est. Haec moro sit uotoforsan amica tuo* (Her. 17, 263-264).

> Mas tu te apressas em demasia: tua messe ainda não está pronta para a colheita.
> Talvez essa demora seja salutar para a tua pretensão.

A interpretação de Ovídio é haurida nos trágicos: sob a máscara de Afrodite, Helena é presa fácil e consciente da luxúria oriental de Alexandre.

O sarcástico e iconoclasta Luciano de Samósata (século II p.C.), quiçá um dos últimos dos clássicos gregos e, sem dúvida, o mais perfeito dos "aticistas", igualmente não poupou a probidade e a beleza da filha de Zeus. Em duas de suas obras fustiga-a com veemência. Nos *Diálogos dos Deuses*, Afrodite, desejando insinuar-se junto a Páris, para que este lhe concedesse o cobiçado pomo da discórdia, procura tentá-lo com a mais bela entre as mulheres, Helena, que, na argumentação da deusa, não passa de uma consumada adúltera. Após muito insuflar-lhe a vaidade, lamentando que um jovem tão belo permaneça nos penhascos do Ida, procura seduzi-lo com a ideia de casamento, não com uma camponesa qualquer, porém com uma grega de Argos, de Corinto ou, por que não, de Esparta?

Se Helena o visse, sensual como é, a tudo abandonaria para seguilo…

.... ἔπρεπε δὲ ἤδη σοι καὶ γεγαμηκέναι, μὴ μέντοι ἀγροῖκόν τινα καὶ χωρῖτιν, οἷαι κατὰ τὴν Ἴδην αἱ γυναῖκες, ἀλλά τινα ἐκ τῆς Ἑλλάδος, ἢ Ἀργόθεν ἢ ἐκ Κορίνθου ἢ Λάκαιναν, οἵαπερ ἡ Ἑλένη ἐστί, νέα καὶ καλὴ καὶ κατ᾽ οὐδὲν ἐλάττων ἐμοῦ, καὶ τὸ δὴ μέγιστον, ἐρωτική· ἐκείνη γὰρ δή εἰ καὶ μόνον θεάσαιτό σε, εὖ οἶδα ἐγώ, πάντα ἀπολιποῦσα καὶ παρασχοῦσα ἑαυτὴν ἔκδοτον ἕψεται καὶ συνοικήσει (*Diál. Deus.* 20, 13).

– Além do mais já devias estar casado, não certamente com uma camponesa grosseira, como são as mulheres do Ida, mas com uma grega de Argos, de Corinto ou de Esparta, como Helena, por exemplo, que é jovem e bela – em nada inferior a mim – e, o mais importante, ávida de amor…
Bastaria ver-te eu o sei muito bem, e ela a tudo abandonaria, entregar-se-ia por inteiro e seguir-te-ia para viver contigo.

Num de seus famosos *Diálogos dos Mortos*, o mesmo Luciano de Samósata confronta o filósofo cínico Menipo com Hermes, o mensageiro dos deuses. Em seu descenso ao Hades, quis Menipo a toda prova saber do deus psicopompo onde se encontravam os apolos e as afrodites de tempos idos, que tanto haviam fascinado os mortais. Hermes lhe aponta os de mais fama, e Menipo, interessado em Helena, surpreende-se ao saber que da rainha de Esparta só restava um crânio, igual a todos os crânios. E ironiza dizendo de sua admiração por haverem os helenos padecido por coisa tão frágil e efêmera. Transcrevamos esse trecho do *Diálogo*, repassado de ceticismo:

M. – Ποῦ δὲ οἱ καλοί εἰσιν ἢ αἱ καλαί, ὦ Ἑρμῆ; ξενάγησόν με νέηλυν ὄντα.
E. – Οὐ σχολή μοι, ὦ Μένιππε· πλὴν κατ᾽ ἐκεῖνο ἀπόβλεψον, ἐπὶ τὰ δεξιά, ἔνθα ὁ Ὑάκινθός τέ ἐστι καὶ Νάρκισσος καὶ Νιρεὺς καὶ Ἀχιλλεὺς καὶ Τυρὼ καὶ Ἑλένη καὶ Λήδα καὶ ὅλως τὰ ἀρχαῖα κάλλη πάντα.
M. – Ὀστᾶ μόνα ὁρῶ καὶ κρανία τῶν σαρκῶν γυμνά, ὅμοια τὰ πολλά.
E. – Καὶ μὴν ἐκεῖνά ἐστιν, ἃ πάντες οἱ ποιηταὶ θαυμάζουσι, τὰ ὀστᾶ, ὧν σὺ ἔοικας καταφρονεῖν.

M. – Ὅμως τὴν Ἑλένην μοι δεῖξον· οὐ γὰρ ἂν διαγνοίην ἔγωγε.

E. – Τουτὶ τὸ κρανίον ἡ Ἑλένη ἐστίν.

M. – Εἶτα διὰ τοῦτο αἱ χίλιαι νῆες ἐπληρώθησαν ἐξ ἁπάσης τῆς Ἑλλάδος, καὶ τοσοῦτοι ἔπεσον Ἕλληνές τε καὶ βάρβαροι καὶ τοσαῦται πόλεις ἀνάστατοι γεγόνασιν;

E. – Ἀλλ᾽ οὐκ εἶδες, ὦ Μένιππε, ζῶσαν τὴν γυναῖκα· ἔφης γὰρ ἂν καὶ σὺ ἀνεμέσητον εἶναι τοιῇδ᾽ ἀμφὶ γυναικὶ πολὺν χρόνον ἄλγεα πάσχειν· ἐπεὶ καὶ τὰ ἄνθη ξηρὰ ὄντα εἴ τις βλέποι ἀποβεβληκότα τὴν βαφήν, ἄμορφα δῆλον ὅτι αὐτῷ δόξει· ὅτε μέντοι ἀνθεῖ καὶ ἔχει τὴν χρόαν, κάλλιστά ἐστιν.

M. – Οὐκοῦν τοῦτο, ὦ Ἑρμῆ, θαυμάζω, εἰ οὐ συνίεσαν οἱ Ἀχαιοὶ περὶ πράγματος οὕτως ὀλιγοχρονίου καὶ ῥᾳδίως ἀπανθοῦντος πονοῦντες (Diál. Mort., 6, 1-26).

M. – Onde estão, Hermes, os belos homens e as belas mulheres?

Serve-me de guia a mim, que acabo de chegar.

H. – Não me sobra tempo, Menipo; mas vem, olha daqui, para a direita: lá estão Jacinto, Narciso, Nireu, Aquiles, Tiro, Helena, Leda, em suma, todas as humanas belezas de antanho.

M. – Vejo apenas caveiras, crânios descarnados, iguais em sua maioria.

H. – Pois é o que todos os poetas admiram, ossadas, que aparentas desprezar.

M. – Aponta-me, todavia, Helena. Não me julgo capaz de reconhecê-la.

H. – Este crânio: eis Helena.

M. – E foi por ele que mil naus se encheram de heróis de toda a Grécia e se fizeram ao mar? Por que tombaram tantos gregos e bárbaros, e tantas cidades foram devastadas?

H. – É que tu não viste esta mulher quando era viva, Menipo! Tu mesmo afirmarias não caber censura a quem por ela tanto tempo padecesse. Com efeito, esta mulher foi como as flores: se vistas murchas e apagadas no colorido, claro é que parecem de todo sem beleza: mas em pleno viço, no orgulho de suas cores, são magníficas.

M. – Assim seja, Hermes; mas uma coisa me espanta: é ver que os aqueus não compreenderam haver sofrido por algo tão efêmero e tão facilmente perecível.

Eis uma Helena diferente, que não teve direito ao remanso do Éter nem a ilhas perdidas no Oceano imenso. Mas o *Diálogo* nos revela o juízo que ainda se fazia da consorte de Menelau no momento em que a Grécia chegava ao termo de onze séculos de gloria literária...

Curioso é que entre muitos poetas modernos Helena continue sua caminhada, às vezes parecendo até que o sangue de Troia nunca foi purgado! Os enfoques hodiernos, embora quase sempre calcados em Eurípedes, não raro são antagônicos, e o gesto é a gesta da filha de Zeus se transmudam em símbolo de um amor que nunca sucumbiu sob as ruínas fumegantes da inditosa Ílion.

O poeta neogrego Giorgos Seféris, que em realidade se chamava Giorgos Seferiádis (1900-1971), prêmio Nobel de literatura de 1962, atormentado certamente pelas visões de duas conflagrações universais e pelas vicissitudes de sua Hélade, trouxe de volta as "dores imensas que tombaram sobre a Grécia". Ressuscitando o εἴδωλον de Estesícoro e as farpas de Eurípedes, recordou em seu poema ΕΛΕΝΗ (Heléni), *Helena*, que em todas as guerras sempre se combate por um fantasma ou por uma "túnica vazia de Helena".

Eis uma estrofe do poema de Seféris, extraído do *Diário de Bordo III*, na magnífica tradução de J. P. Paes[49]:

> – Καὶ στὴν Τροία;
> Τίποτε στὴν Τροία – ἕνα εἴδωλο.
> Ἔτσι τὸ θέλαν οἱ θεοί.
> Κι᾽ ὁ Πάρης, μ᾽ ἕναν ἴσκιο πλάγιαζε σὰ να εἴταν πλάσμα ἀτόφιο·
> κι᾽ ἐμεῖς σφαζόμασταν γιὰ τὴν Ἑλένη δέκα χρόνια.

---

49. PAES, J. P. *Poesia moderna da Grécia*. Rio de Janeiro: Guanabara, 1986. p. 169.

> – E em Troia?
>
> Nada em Troia – apenas um fantasma. Assim os deuses o quiseram.
>
> E Páris se deitou com uma sombra, como se ela fosse um ente sólido, e por Helena durante dez anos fomos massacrados.

Com sua comédia *Abel, Helena* (o título já e um trocadilho), o nosso grande comediógrafo Artur Azevedo (1855-1908) irá retomar o tema do rapto de Helena, ao fazer uma livre adaptação da ópera bufa *La Belle Hélène* (música de Jacques Offenbach, libreto de Henri de Meilhac e Ludovic Halevy).

Na burleta francesa é o próprio Páris quem rapta Helena, mas disfarçado em áugure de Afrodite, para cuja ilha de Citera é levada a consorte de Menelau. Far-se-ia um sacrifício à deusa do amor, para debelar a "epidemia conjugal" que assolava a Hélade; e que os maridos abandonaram as esposas e todas as mulheres traíam os maridos… Já no navio que os conduzia felizes para Citera, o falso áugure deixa cair a máscara:

> Ne l'attends plus, roi Ménélas,
> Tes yeux ne la reverront pas!
> Je suis Pâris, et c'est vers Troie
> Que Pâris emporte son proie![50]
>
> – Não mais esperes, ó rei Menelau,
> Que jamais a reverás!
> Páris sou eu, e é para Troia
> Que Páris conduz sua conquista!

Mas na comédia *Abel, Helena*, Artur Azevedo nos surpreende com um rapto diferente. Helena deveria ir para um convento, pois seu padrinho Nicolau (que a pretendia para esposa) a surpreendera sozinha com o bem-amado Abel. E este, disfarçado de frade,

---

50. MEILHAC, H.; HALÉVY, L. *La belle Hélène*: opéra bouffe en trois actes. C. Lévy, 1899. 3. ato, cena 8.

rapta Helena. Na fuga, já no trem em movimento, Abel tira o capuz, os óculos e a barba e grita para o apoplético Nicolau:

> Ó Nicolau, triste papel
> fizeste em cena:
> cá levo Helena...
> Eu sou Abel![51]

O poeta e ensaísta Gilberto Mendonça Teles, como Calímaco de Alexandria, não é de gastar muita tinta nas caracterizações.

Com um só poema, *Ubi Troia fútil*, em quatro versos "aristofanizou" Helena[52]:

> Helena de um
> Helena de dois
> Helena de *trois*
> Helena de *trottoir*.

Bem mais benévolo foi Goethe no tratamento dispensado a antiga deusa da vegetação, a heroína micênica, a mulher Helena, a beleza imperecível do eterno feminino.

O poeta alemão fala por nós através das palavras de Quirão, que serviu de montaria a Helena. Se a beleza em si é de pouco apreço, porque efêmera, quando vinculada ao amor e o belo perene, que a tudo transcende[53]:

> – Ora! nada e a beleza feminil!
> Imagem rija que a si mesma ufana;
> Louvar só posso o ente gentil,
> Do qual profuso amor da vida emana.
> A beldade a si mesma admira e adorna;
> Porém o encanto irresistível toma.
> Como o de Helena, quando me montou.

---

51. AZEVEDO, A. *Abel e Helena*. 3. ato, cena 9.

52. TELLES, G. M. *Saciologia Goiana*. Rio de Janeiro: Civilização Brasileira, 1982. p. 111.

53. GOETHE, J. W. *Fausto*. Trad. J. K. Segall. Belo Horizonte: ltatiaia, 1981.

Poesia e mito se conjugam para fazer da "mulher Helena" o *eterno feminino*.

> Têm os filólogos aqui
> Enganado a si mesmos como a ti.
> Se é mitológica, é única a mulher;
> Recria-a o poeta como lhe prouver.
> Não envelhece, nem fica madura,
> Mais sedutora, sempre, sua figura.
> Raptam-na, moça, idosa, ainda e do amor a meta;
> Pois basta! Não se atém ao tempo o poeta… (*Fausto,* 2. ato).

É verdade: o poeta não se atrela ao tempo. Nem o mito, por ser um perene recomeço. Nem Helena, a *mulher*, por ser a matriz da vida, a fonte da criação, bem mais próxima de Deus.

4
CONCLUSÃO

Um aspecto que aflora da análise diacrônica do mito e da personalidade literária de Helena e seu lento, mas progressivo descenso, de deusa da vegetação, para uma simples mulher, bela e fatal. Essa declina não é fortuita, nem pode ser atribuída ao irrequieto espírito grego, sobretudo ao ateniense. Explica-se de um lado pelo sincretismo creto-micênico; de outro, pela natural evolução cultural em que o mito, mesmo permanecendo inalterado em sua essência, muda de indumentária e ainda com mais razão, pelo secular antagonismo entre Atenas e Esparta.

De deusa da vegetação (como atestam os seus raptos continuados) e de deusa da árvore, a divina Helena (hipóstase da Grande Mãe), foi rebaixada na poesia épica à condição de heroína. O fenômeno se evidencia pelo encontro de uma sociedade indo-europeia patriarcal com a sociedade minoica; a primeira vinha esteada em divindades masculinas, a servirem a três classes sociais, igualmente representadas pelo elemento masculino; a segunda era apoiada no feminino. Isto concorreu para que as grandes mães cretenses ficassem reduzidas a simples arquétipos, assim preservadas de uma obliteração total.

O mestre das religiões comparadas indo-europeias, o saudoso Georges Dumézil, não há muito falecido, ao traçar o triângulo dos deuses indo-europeus, ressaltou que os mesmos se definem por suas três funções, as quais, por sua vez, exprimem três classes sociais. Assim, *Adityá*, *Rudrá* e *Vásu* traduzem respectivamente os *sacerdotes*, os *guerreiros* e os *clãs dos pastores*. Os latinos, bem mais conservadores que os gregos, mantiveram as três funções, representando-as por *Iuppiter*, *Mars* e *Quirinus*. Talvez por não haverem constituído uma unidade política (exceto Esparta, por motivos históricos) os helenos sempre foram mais liberais com as religiões "vizinhas". Tendo dominado a ilha de Creta, impuseram-lhe seus deuses patriarcais, mas inteligentemente fizeram com que os mesmos celebrassem núpcias indissolúveis com o matriarcado minoico. Dentre as grandes mães da ilha do Egeu, umas se uniram aos deuses gregos (Reia a Crono, Hera a Zeus); outras foram remitizadas, tornando-se filhas do pai dos deuses e dos homens (Atená, Perséfone, Dictina, Ilítia); Deméter, qualquer que tenha sido a sua origem, passou a representar para todos os helenos o arquétipo da Terra-Mãe; e era assim que se interpretava seu nome: Δημήτηρ < γῆ μήτηρ a mãe da terra cultivada. Desse modo, através de um processo evoluído e evolutivo, é lícito afirmar que os gregos retificaram o esquema trifuncional indo-europeu, introduzindo-lhe um suave toque feminino. Trata-se de uma espécie de consenso entre o patriarcado e o matriarcado, alterando-se o esquema primitivo em Ζεύς, Ἄρης, Δημήτηρ, o deus-sacerdote, o deus da guerra, e a deusa da vegetação. Foi como resultado desse consórcio micênico-cretense que antigas deusas da vegetação, como Ariadne e Helena, acabaram por ficar mais perto dos homens, percorrendo um longo e difícil itinerário até o grande retorno. A primeira brilha no céu como constelação e a segunda repousa para sempre no éter ou na Ilha dos Bem-Aventurados. Foi exatamente esse penoso uróboro de Helena que perseguimos no mito e na literatura grega (às vezes com uma breve incursão em Roma) por dezessete séculos.

Esse árduo roteiro da deusa minoica é facilmente explicável. Transformada miticamente em heroína, teve que perfazer todo o rito iniciático inerente à φύσις, de todo e qualquer herói. Em se tratando de heroína, de núpcias difíceis e intrincadas, Helena tornou-se presa fácil da característica primária do heroísmo: a ὕβρις; a "démesure", o descomedimento, a ultrapassagem do μέτρον. Quando Safo celebra a coragem da rainha de Esparta abandonando a pátria, o marido, a filha e as amigas por amor de Alexandre, a poetisa de Mitilene está lhe exaltando precisamente a ἄτη, a cegueira da razão, provocada pela ὕβρις. Se é verdade que ἥρως etimologicamente se prende à raiz indo-europeia *ser-, representada no latim por seruare, "conservar, defender, velar sobre, ser útil", e se é valido dizer que o *herói* é o defensor, "o que nasceu para servir", Helena se situa inteiramente nesse étimo. Afinal, não foi ela gerada a conselho de Nêmesis ou de Momo para servir aos desígnios de Zeus? E de um ponto de vista político, não foi por seu rapto que a Europa se libertou de uma vez por todas da barbárie, erguendo um troféu no coração da Ásia? Por outro lado, além de sua proverbial polifagia, os heróis cultuam uma outra adefagia: seu apetite sexual é tão voraz quanto seu estômago. Também esse χαρακτήρ, essa marca, está bem patente na tindárida. Campeã de raptos, Helena, além de Teseu, Afidno e Menelau, seu legítimo consorte, passou por Páris, Deífobo e, ainda não satisfeita, após sua apoteose, uniu-se a Aquiles… Não foi por mera retórica que Ésquilo a denominou πολυάνορος, mulher de muitos homens. Mas o herói está igualmente ligado à ἰατρική, à arte de curar. Já se quis, conforme se viu, explicar o vocábulo Ἑλένη, como uma dissimilação de *Ϝενένη, que estaria atestado pelo latim *uenenum*, cujo sentido primeiro é "filtro". Pretendeu-se ainda ligar-lhe o nome a ἐλένιον, planta que a filha de Zeus manipulava não apenas como anestésico e amnéstico, mas ainda como antiofídico.

Se por fim o herói, após fechar a sua mandala, tem morte violenta ou desaparece de maneira misteriosa ou estranha, também esse preceito foi cumprido pela rainha de Esparta: Apolo arrebatou-a abruptamente para o éter. Com todos esses requisitos e predicados necessários para a identificação de uma heroína, Helena desempenhou perfeitamente sua missão, sobretudo a de νέμεσις de Zeus.

Fechados, no entanto, os tempos homéricos, que se refletem sob muitos aspectos na ἀρετή e na τιμή micênicas, surgiu a partir de Hesíodo um novo tipo de herói: o rude camponês, cuja ἀρετή, cuja excelência, é o *trabalho* e cuja τιμή, cuja honorabilidade, é a ânsia da δίκη, da justiça.

Com as profundas alterações políticas, sociais, econômicas e religiosas processadas na Hélade a partir do século VIII a.C., as gestas dos grandes heróis do passado transformaram-se em temas literários, sob a vigilância do legalismo de Apolo, que Platão mais tarde batizaria com o epíteto de πάτριος ἐξηγητής. O "exegeta nacional" fez com que os heróis se transformassem em modelos exemplares para quantos ousassem ultrapassar o μέτρον. O γνῶθι σ᾽αὐτόν, o "conhece a ti mesmo" e o μηδὲν ἄγαν, o "nada em demasia", do deus de Delfos passaram a funcionar como memorando contra toda e qualquer tentativa de descomedimento.

A heroína Helena, todavia, por ser *mulher*, símbolo da reprimida, considerada incapaz, foi a pouco e pouco descendo de seu pedestal de νέμεσις, de Zeus e de rainha de Esparta para converter-se não só na principal responsável pela guerra de Troia, mas também numa *cadela traidora*, numa impudica, mulher de "muitos maridos", uma quase παλλακή, uma concubina de reis e de príncipes... Esse retrato tão negativo da tindárida se deveu particularmente à secular rivalidade político-social entre Atenas e Esparta.

A cidade de Licurgo, apoiada na obsessão de segurança do Estado, sobretudo depois de mais de dois séculos e meio de guerras contra a Messênia (744-455 a.C.), fechou-se ao resto da Hélade não dórica e transformou-se num verdadeiro acampamento militar. Podou as asas das Musas e entronizou Ares, o deus da guerra. Aferrada à tradição, governada por uma aristocracia belicosa e despótica, canalizou toda a sua παιδεία para as *res militares*. Atenas, berço da democracia e, em consequência, politicamente muito mais liberal, culta e consagrada à deusa da inteligência, Palas Atená, tornou-se um museu ao ar livre, com um culto permanente às nove Musas.

A cobiça expansionista das duas principais pólis da Grécia, no entanto, bem como as idiossincrasias ideológicas, arrastaram-nas para confrontos armados inevitáveis, cujo trágico desfecho foi a Guerra do Peloponeso.

Ora, como a "adúltera" Helena era a esposa do atrida Menelau, frouxo e indeciso, não foi difícil converter os míticos reis da Lacônia num símbolo da própria Esparta. O ódio à cidade de Licurgo e o desprezo pela incultura e brutalidade de seus habitantes fizeram de Helena e Menelau o alvo predileto da tragédia e da comédia ática. Helena é a mulher de muitos homens, a cadela traidora, e Menelau, o poltrão, o pusilânime, o que se deixou vencer pelos seios desnudos da Frineia da Lacônia…

Helena, porém, era uma θεά, filha de Zeus e, completado o seu ciclo heroico voltou a compartilhar do néctar e da ambrosia dos imortais. É bem verdade que Luciano de Samósata, alimentado com o sal da Ática, transformou-a, no Hades, num crânio vazio; mas Esparta soube honrar a sua deusa, erguendo-lhe um templo e mantendo-lhe um culto permanente.

Estava fechado o uróboro. Os deuses também repousam!

REFERÊNCIAS

ADAM, J. *The Republic of Plato*. Cambridge: Cambridge University Press, 1963.

ADRADOS, R. *et al. Introducción a Homero*. Madri: Guadarrama, 1963.

ALLINSON, F. G. *Menander*: the principal fragments. Cambridge: Harvard University Press, 1951.

ARISTÓTELES. *Opera Omnia*: graece et latine. Paris: Ambrosio Firmin Didot, 1848.

ARISTÓTELES. *Opera*. Berlim: W. Gruyter, 1960. 4 v.

AZEVEDO, A. *Teatro de Artur Azevedo*. Rio de Janeiro: Instituto Nacional de Artes Cênicas, 1983. v. 1.

BACHELARD, G. *L'Eau et les Rêves*. Paris: Librairie José Corti, 1942.

BAILLY, A. *Dictionnaire Grec-Français*. Paris: Hachette, 1950.

BAUM, J. *et al. The Mysteries*: papers from Eranos yearbooks. Princeton: Princeton University Press, 1971.

BENVENISTE, E. *Le vocabulaire des institutions Indo-européenes*. Paris: Les Éditions de Minuit, 1962. 2 v.

BERGK, T. *Poetae elegiaci et jambographi*. Leipzig: In Aedibus BG. Teubneri, 1914.

BESNIER, M. *Lexique de géographie ancienne*. Paris: Klincksieck, 1914.

BOLEN, S. J. *Godesses in everywoman*. São Francisco: Harper and Row, 1984.

BOLGAR, R. R. *The Classical heritage and its beneficiaries*. Cambridge: Cambridge University Press, 1977.

BOWRA, C. M. *Landmarks in Greek literature*. London: Weidenfeld and Nicolson, 1968.

BRANDÃO, J. S. *Aristófanes. As nuvens*. Trad. J. S. Brandão. Rio de Janeiro: Grifo, 1976.

BRANDÃO, J. S. *De Romero a Jean Cocteau*. Rio de Janeiro: Ed. Bruno Buccini, 1969.

BRANDÃO, J. S. *Eurípides. Alceste*. Trad. J. S. Brandão. 3. ed. Rio de Janeiro: Bruno Buccini, 1968.

BRANDÃO, J. S. *Mitologia grega*. 4. ed. Petrópolis: Vozes, 1988. v. 1.

BRANDÃO, J. S. *Teatro grego – Aristófanes. As Rãs*. Trad. J.S. Brandão. 3. ed. [*s. l.*]: Baptista da Costa, 1972.

BRANDÃO, J. S. *Teatro Grego*: Eurípides e Aristófanes – O Ciclope, As Rãs e As Vespas. Trad. J.S. Brandão. Rio de Janeiro: Ed. Espaço e Tempo, 1987.

BRANDÃO, J. S. *Teatro grego: tragédia e comédia*. 4. ed. Petrópolis: Vozes, 1986.

BRELICH, A. *Gli Eroi Greci*. Un problema storico-religioso. Roma: Ateneo e Bizzari, 1978.

CANTARELLA, E. *Johann Jakob Bachofen* – Il Potere Femminile. Milão: II Saggiatore, 1977.

CARNOY, A. *Dictionnaire étymologique de la mythologie gréco-romaine*. Lovaina: Éditions Universitas, 1954.

CARNOY, A. *Dictionnaire étymologique des noms grecs de plantes*. Lovaina: Publications Universitaires, 1959.

CARNOY, A. *Dictionnaire étymologique du proto-lndo-européen*. Lovaina: Éditions Universitas, 1954.

CASSIRER, E. *Linguagem e mito*. São Paulo: Perspectiva, 1972.

CATULO. *Poesies*. Ed. e trad. G. Lafaye. Paris: Les Belles Lettres, 1932.

CHADWICK, J. *The mycenaean world*. Londres: Cambridge University Press, 1976.

CHANTRAINE, P. *Études sur le vocabulaire gree*. Paris: Klincksieck, 1956.

CRAEFORD, M.; WHITEHEAD, D. *Archaic and Classical Greece*. Cambridge: Cambridge University Press, 1983.

CROISET, M. *La civilisation de la Grèce antique*. Paris: Payot, 1943.

DANZEL, T. W. *Magie et science secrète*. Paris: Payot, 1949.

D'EAUBONNE, F. *As mulheres antes do patriarcado*. Trad. M. Campos e A. Freitas. Lisboa: Vega, 1977.

DEFRADAS, J. *Les élégiaques grecs*. Paris: PUF, 1962.

DELCOURT, M. *Stérilités mystérieuses et naissances maléfiques dans l'antiquité classique*. Liège: Bibliothèque de la Faculté de philologie et lettres de l'Université Lie Liège, 1986.

DEMÓSTENES. *Orationes*. Oxford: E. Typographeo Clarendoniano, 1968.

DETIENNE, M. *Il Mito*. Guida storica e critica. Bari: Laterza, 1975.

DIELS, H.; KRANZ, W. *Die Fragmente der Vorsokratiker.* Berlim: Weidmannsche Verlagsbuchhandlung, 1954.

DODDS, E. R. From shame-culture to guilt-culture. *In*: DODDS, E. R. *The Greeks and the irrational.* Berkeley: University of California Press, 1968.

DUMÉZIL, G. *Les Dieux des lndo-européens.* Paris: PUF, 1952.

DUMONT, J. P. *Les Sophistes, fragments et témoignages.* Paris: Presses Universitaires de France, 1969.

EGGER, C. *Lexicon nominum virorum et mulierum.* Roma: Societas Libraria "Studium", 1957.

EISSFELDT, O. *Éléments orientaux dans la religion grecque ancienne.* Paris: PUF, 1960.

ELIADE, M. *Le mythe de l'éternel retour.* Paris: Gallimard, 1969.

ERNOUT, A.; MEILLET, A. *Dictionnaire étymologique de la langue latine.* Paris: Klincksieck, 1959.

ERRANDONEA, I. S. I. *Diccionario del mundo clásico.* Madri: Labor, 1954. 2 v.

ÉSQUILO. *Les suppliantes – Les perses – Les sept contre Thèbes – Prométhée enchainé.* Ed. e trad. P. Mazon. Paris: Les Belles Lettres, 1949.

EURÍPEDES. *Fabulae.* Ed. e trad. T. Fix. Paris: Ambrosio Firmin-Didot, 1843.

FLACELIÈRE, R. *La vie quotidienne en Grèce au siècle de Périclès.* Paris: Hachette, 1959.

FLEURY, E. *Morphologie historique de la langue grecque.* Paris: J. de Gigord, 1947.

FONTOYNONT, V. *Vocabulaire Grec.* Paris: Auguste, 1949.

FRISK, H. *Griechisches Etymologisches Wörterbuch.* Heidelberg: Carl Winter, 1959.

GLOTZ, G. *La civilisation égéene.* Paris: Albin Michel, 1952.

GONÇALVES, R. *Filologia e literatura.* São Paulo: Companhia Editora Nacional, 1937.

GROTEN, F. J. *The tradition of the Helen legend in Greek literature.* Michigan: Princeton University Press, 1955.

HERÓDOTO. *Histoires* (1-10). Ed. e trad. P.-E. Legrand. Paris: Les Belles Lettres, 1956.

ITHURRIAGUE, J. *Les idées de Platon sur la condition de la femme au regard des traditions antiques.* Paris: Librairie Universitaire, 1931.

JEANMAIRE, H. *Dionysos*: Histoire du culte de Bacchus. Paris: Payothèque, 1978.

JUNG, C. G. *et al. Man and his symbols.* Londres: Aldus Books, 1964.

KEELEY, E.; BIEN, P. *Modern Greek writers.* Princeton: Princeton University Press, 1973.

KERÉNYI, K. *Miti e misteri.* Turim: Boringhieri, 1980.

KIRK, G. S. *Homer and the oral tradition.* Londres: Cambridge University Press, 1976.

KIRK, G. S.; RAVEN, J. E. (orgs.). *Os filósofos pré-socráticos.* Lisboa: Fundação Calouste Gulbenkian, 1966.

LEDERER, W. *Gynophobie ou le peur des femmes.* Paris: Payot, 1974.

LEJEUNE, M. *et al. Études myceniennes.* Paris: Centre National de la Recherche Scientifique, 1956.

LÉVÊQUE, P. *La aventura griega.* Madri: Labor, 1968.

LORAUX, N. *The invention of Athens.* Cambridge: Cambridge University Press, 1986.

MAGUEIJO, C. *Introdução ao grego micênico.* Lisboa: Instituto Nacional de Investigação Científica, 1980.

MARROU, H. I. *Histoire de l'éducation dans l'antiquité.* Paris: Éditions du Seuil, 1955.

MÉAUTIS, G. *Le Crépuscule d'Athènes et Ménandre.* Paris, Hachette, 1954.

MÉAUTIS, G. *Sophocle*: essai sur le héros tragique. Paris: Éditions Albin Michel, 1957.

MIREAUX, E. *La vie quotidienne aux temps d'Homère.* Paris: Hachette, 1954.

NAPIER, D. A. *Masks, transformation and paradox.* Berkeley: Berkeley University Press, 1986.

NILSSON, M. P. *Geschichte der griechischen Religion.* Munique: Beck, 1955.

PAES, J. P. *Poesia moderna da Grécia.* Rio de Janeiro: Guanabara, 1986.

PAGE, D. L. *History and Homeric Iliad.* Berkeley: Sather Classical Lectures, 1959.

PAGE, D. L. *Lyrica graeca selecta.* Oxford: Oxford University Press, 1968.

PALMER, L. R.; CHADWICK, J. *Proceedings of the Cambridge Colloquium on Mycenaean Studies.* London: Cambridge University Press, 1966.

PANICHI, E. *Grammatica greca.* Roma: Ed. Vittorio Banacci, 1962.

PARIS, P.; ROQUES, G. *Lexique des antiquités grecques.* Paris: Albert Fontemoing, 1909.

PEREIRA, M. H. R. *Antologia da cultura grega*. Coimbra: Faculdade de Letras da Universidade de Coimbra, 1982.

PERERA, S. B. *Descent to the Goddess*: a way of initiation for women. Nova Iorque: Daryl Sharp, 1986.

PETERS, F. E. *Termos filosóficos gregos*. Trad. B. R. Barbosa. Lisboa: Fundação Calouste Gulbenkian, 1974.

PLATÃO. *Oeuvres complètes*. Ed. e trad. É. Places. Paris: Les Belles Lettres, 1951.

PLUTARCO. *Oeuvres complètes*. Ed. e trad. R. Flacelière e M. Cuvigny. Paris: Les Belles Lettres, 1980.

RANK, O. *El mito del nascimiento del héroe*. Buenos Aires: Ediciones Paidos, 1981.

REINACH, T.; PUECH, A. *Alcée et Sapho*. Paris: Belles Lettres, 1960.

SAFOUAN, M. *La sexualité féminine*. Paris: Éditions du Seuil, 1976.

SAÏD, S. *La faute tragique*. Paris: Maspero, 1978.

SOLIÉ, P. *La femme essentielle*: mythanalyse de la Grande-Mère et de ses fils--amants. Paris: Seghers, 1980.

SOLMSEN, F. *Plato's theology*. Ithaca: Cornell University Press, 1942.

STANO, G. *Dizionario di miti, legende, costumi greco-romani*. Turim: Società Editrice Internazionale, 1950.

TELES, G. M. *Saciologia goiana*. Rio de Janeiro: Civilização Brasileira, 1982.

TEÓGNIS. *Poèmes élégiaques*. Ed. e trad. J. Carrière. Paris: Les Belles Lettres, 1948.

USSHER, R. G. *Aristophanes Ecclesiazusae*. Oxford: Oxford University Press, 1973.

VAN GENNEP, A. *Os ritos de passagem*. Trad. M. Ferreira. Petrópolis: Vozes, 1978.

VEGA, J. S. L. *De Safo a Platón*. Barcelona: Planeta, 1976.

VIRGÍLIO. *Énéide*. Ed. e trad. H. Goelzer. Paris: Les Belles Lettres, 1956. 2 v.

VIVANTE, P. *The homeric imagination*: a study of Homer's poetic perception of reality. Bloomington: Indiana University Press, 1970.

WALDE, A.; HOFMANN, J. B. *Lateinisches etymologisches Worterbuch*. Heidelberg: Carl Winter, 1938.

XENOFONTE. *Quae exstant opera, graece et latine*. Ed. de J. G. Schneider e J. C. Zeune. Edimburgo: Gulielmi Laing, 1811.

Conecte-se conosco:

 facebook.com/editoravozes

 @editoravozes

 @editora_vozes

 youtube.com/editoravozes

 +55 24 2233-9033

www.vozes.com.br

Conheça nossas lojas:

www.livrariavozes.com.br

Belo Horizonte – Brasília – Campinas – Cuiabá – Curitiba
Fortaleza – Juiz de Fora – Petrópolis – Recife – São Paulo

EDITORA VOZES LTDA.
Rua Frei Luís, 100 – Centro – Cep 25689-900 – Petrópolis, RJ
Tel.: (24) 2233-9000 – E-mail: vendas@vozes.com.br